外国人のための日本語 例文・問題シリーズ4

# 複　合　動　詞


新　美　和　昭
山　浦　洋　一
宇津野登久子
共著



荒　竹　出　版

# 監修者の言葉

このシリーズは、日本国内はもとより、欧米、アジア、オーストラリアなどで、長年、日本語教育にたずさわってきた教師三十七名が、言語理論をどのように教育の現場に活かすかという観点から、アイデアを持ち寄ってできたものです。私達は、日本語を教えている現職の先生方に使っていただくだけでなく、同時に、中・上級レベルの学生の復習用にも使えるものを作るように努力しました。

このシリーズの主な目的は、「例文・問題シリーズ」という副題からも明らかなように、学生には、今まで習得した日本語の総復習と自己診断のためのお手本を、教師の方々には、教室で即戦力となる例文と問題を提供することにあります。既存の言語理論および日本語文法に関する諸学者の識見を無視せず、むしろ、それを現場へ応用するという姿勢を忘れなかったという点で、ある意味で、これは教則本的実用文法シリーズと言えるかと思います。

従来、文部省で認められてきた十品詞論は、古典文法論ではともかく、現代日本語の分析には不充分であることは、日本語教師なら、だれでも知っています。そこで、このシリーズでは、品詞を自立語では、動詞、イ形容詞、ナ形容詞、名詞、副詞、接続詞、数詞、間投詞、コ・ソ・ア・ド指示詞の九品詞、付属語では、接頭辞、接尾辞、(ダ・デス、マス指示詞を含む)助動詞、形式名詞、助詞、助数詞の六品詞の、全部で十五に分類しました。さらに細かい各品詞の意味論的・統語論的な分類については、各巻の執筆者の判断にまかせました。

また、活用の形についても、未然・連用・終止・連体・仮定・命令の六形でなく、動詞、形容詞とともに、十一形の体系を採用しました。そのため、動詞は活用形によって、u動詞、ru動詞、行く動詞、来る動詞、する動詞、の五種類に分けられることになります。活用形への考慮が必要な巻では、巻頭に活用の形式を詳述してあります。

シリーズ全体にわたって、例文に使う漢字は常用漢字の範囲内にとどめるよう努めました。項目によっては、適宜、外国語で説明を加えた場合もありますが、説明はできるだけ日本語でするように心がけました。

教室で使っていただく際の便宜を考えて、解答は別冊にしました。また、この種の文法シリーズでは、各巻とも内容に重複は避けられない問題ですから、読者の便宜を考慮し、永田高志氏にお願いして、別巻として総索引を加えました。

私達の職歴は、青山学院、獨協、学習院、恵泉女学園、上智、慶應、ICU、名古屋、南山、早稲田、国立国語研究所、国際学友会日本語学校、日米会話学院、アイオワ大、朝日カルチャーセンター、アリゾナ大、イリノイ大、メリーランド大、ミシガン大、ミドルベリー大、ペンシルベニア大、スタンフォード大、ワシントン大、ウィスコンシン大、アメリカ・カナダ十一大学連合日本研究センター、オーストラリア国立大、と多様ですが、日本語教師としての連帯感と、日本語を勉強する諸外国の学生の役に立ちたいという使命感から、このプロジェクトを通じて協力してきました。

国内だけでなく、海外在住の著者の方々とも連絡をとる必要から、名柄が「まとめ役」をいたしましたが、たわむれに、私達全員の「外国語としての日本語」歴を合計したところ、580年以上にも及びました。この600年近くの経験が、このシリーズを使っていただく皆様に、いたずらな「馬齢の積み重ね」に感じられないだけの業績になっていればというのが、私達一同の願いです。

このシリーズをお使いいただいて、Two heads are better than one.（三人寄れば文殊の知恵）とお感じになるか、それとも、Too many cooks spoil the broth.（船頭多くして船山に登る）とお感じになったか、率直な御意見をお聞かせいただければと願っています。

この出版を通じて、荒竹三郎先生並びに、荒竹出版編集部の松原正明氏に大変お世話になりましたことを、特筆して感謝したいと思います。

一九八七年　秋

ミシガン大学名誉教授
上智大学比較文化学部教授　名柄　迪

# はしがき

各国の言語には、それぞれ特有の表現があることはよく知られている。ある文化圏《ぶんかけん》の人のものの見方、考え方、受け取り方はその言語に必ず反映しているわけであるが、日本語では、物事を全体的に、直接感覚的に受け入れ、そのまま表現するのを好むと言われているように、日常的な話し言葉でも、書き言葉でも、動作や状態を表す動詞が実に豊富に使われている。その中でも、一つの特質となっているのが動詞と動詞を結び合わせた複合動詞による表現である。そして、抽象《ちゅうしょう》名詞によらず、具体的な動作・状態を表す動詞を多用することによって、生き生きした描写《びょうしゃ》を可能にしている。

英語圏《えいごけん》（広く欧米《おうべい》の言語圏《げんごけん》の多くを含《ふく》めて）の学習者の中には、この複合動詞が使いこなせない人が少なくない。これは、英語では、動詞と動詞の組み合わせよりも、動詞と不変化詞との組み合わせの方が、普通《ふつう》だからであろう。例えば、I *walked to* the station. は、日本語では「駅へ歩いて行きました」と言って、「駅へ歩きました」とは言わないこと、「（人に）話しかける」（to *talk to*）は「話す」（to talk）と「かける」（to hang over someone）の結合語であるが、補助動詞「かける」によって、「人に対する働きかけ」が明確に表現できること、また、‘to *run away*’ ならば、「逃《に》げて行く」、「逃げ出す」、「逃げてしまう」など、複合動詞を使い分ければ、場面場面に合った言い方ができることなど、複合動詞を身につけることによって、一層豊かな日本語表現をすることができるようになると言える。

この書の目指しているところは、動詞を組み合わせることによって可能となる多様な表現方法を、学生がよく理解し、その意味、用法を使いこなせるようになってもらうことである。生きた日本語の習得を目指す学習者にとって、この複合動詞の用法を身につけることは不可欠なことと言わねばならない。

この書では、できるだけ日常的な場面に即《そく》した平易な用例を多くあげるようにつとめた。複合動詞をあつかった教材が非常に少ない現状から、この書が学習者の役に立てば幸である。

一九八七年十月

新美和昭
山浦洋一
宇津野登久子

# 目次

# 本書の使い方

## 一　複合動詞の範囲《はんい》

ここでは、二語からなる複合語「動詞と動詞」、「名詞と動詞」、「副詞・擬《ぎ》態《たい》語《ご》と動詞」を取り上げた。

## 二　章の構成

第一章では、複合動詞の種類、内部構造、働きなど総括的《そうかつてき》な説明をした。

第二章には、「持ってくる」、「食べてしまう」など二動詞が「テ型」で結びつくものを集め、第三章では、「書きはじめる」、「食べすぎる」など「原型」―連用形―で結びつくものを、便宜上《べんぎじょう》、動詞の意味、働きにより、「時間相」、「空間相」、「様態、程度の相」の三項目《こうもく》に分けて扱《あつか》った。

第四章では、名詞と動詞、副詞・擬態語《ぎたいご》と動詞の結合体を扱《あつか》った。

各複合動詞の用法では、動詞の種類、前項《ぜんこう》動詞と後項《こうこう》動詞、主動詞と補助動詞など、その働きによりA、Bの項《こう》で大別し、より細かい用法の違いは、a、b、cの項《こう》で細別した。

例文、練習問題の用例は、簡潔《かんけつ》で平易な文を挙《あ》げるようにつとめた。また学生にとって、特に問題となると思われる点は、できるだけ英語と対比して理解の助けとなるようつとめた。

## 三　凡《はん》　例《れい》

文法的まとまりをなす語群《ごぐん》は［　］でくくった。

文中で、一つの意味的また用語的まとまりをなすもの、また説明文中の例文は、「　」でくくった。

N………名詞

NP………名詞句

V………動詞、主動詞（補助動詞と区別する場合）

v………補助動詞

NやVに付された数詞$_1$、$_2$は、語順を示す

+………語句の結合を示す

例　［NP+$V_1$+$v_2$（はじめる）］

たとえば、［手紙を　書き　はじめる］は、NP「手紙を」、主動詞である第一動詞$V_1$の「書き」、補助動詞である第二動詞$v_2$「はじめる」の三要素からなることを表す。

*………（文頭に付加された場合）文が非文法的であることを示す

?………（文頭に付加された場合）文が文法的に疑《うたが》いがあることを示す

# 第一章　総　　論

## 〔一〕複合動詞の形態

### (1)　複合動詞とは

最少二つの実質的形態素が結合して、新しい文法的機能と意味をもつ大きな単位を形成する時、そのまとまりを複合語という。そしてその実質的形態素二つともが動詞であるか、あるいは後部形態素が動詞であって、形成された複合語自体が一つの動詞としての文法的性質をもつものを、複合動詞と呼ぶ。これを動詞の面から見ると、複合動詞の構成要素としての動詞は、形態的にも意味的にも、元になる本動詞があるということになる。

複合動詞に類似したものに、使役文や受動文にあらわれる助動詞「させる」「られる」や、動詞を形成する接辞「春めく」「嬉《うれ》しがる」の「めく」「がる」などとの結合体があるが、これら「させる」「られる」、「めく」「がる」などは、本来単独で実質的動詞としての機能をもたないので、これらとの結合体は、ここでは複合動詞として扱《あつか》わない。また形式動詞「する」を構成要素とした結合体「対する」、「重んずる」、「立ち読みする」、「いらいらする」などもここでは複合動詞としては扱わない。

## (2) 動詞の種類について

諸動詞を扱《あつか》う上で、その表す意味的性質について述べることが必要となる。ここでは、次のような分類に従うことにする（†印のあるものは文語的な表現）。

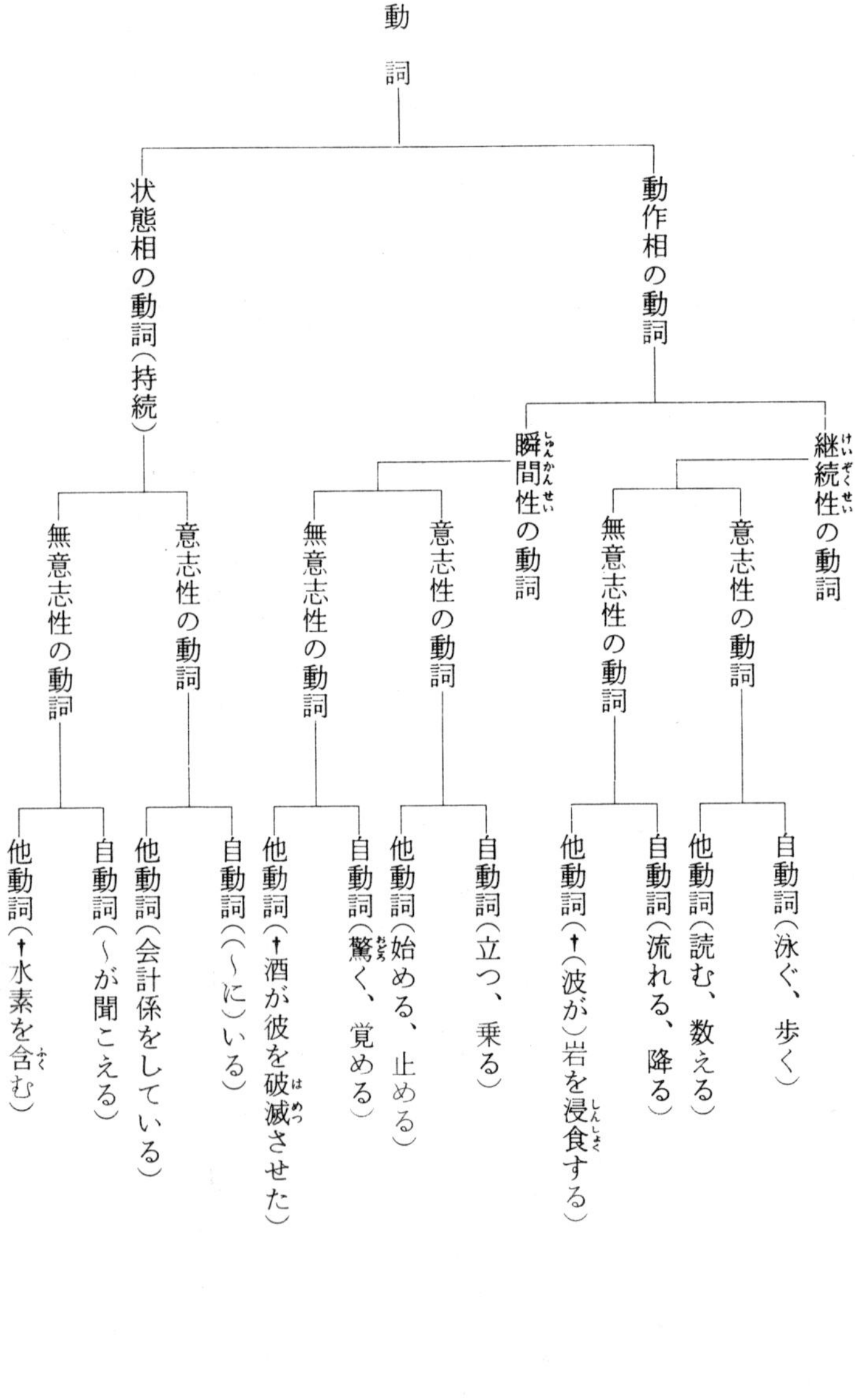

## A 自動詞・他動詞

a **自動詞** （日が）昇《のぼ》る、（目が）覚める、（ここに）いる、など。なお、（空を）飛ぶ、（道を）通るなど、「〜を」をとる移動の自動詞も含《ふく》める。

b **他動詞** （新聞を）読む、（たばこを）やめる、（パンを）焼く、など。

## B 意志性・無意志性

a **意志性の動詞** 通常、行為者《こういしゃ》の意識的選択《せんたく》によってその行為を行うことのできる種類のもの。自動詞・他動詞を問わない。

b **無意志性の動詞** 作用・現象の主体が自然・無生物など、意志を持つと認められないものや、主体が意志を持つ人間であっても、主体の意志がその動作に及《およ》ばないもの。（雨が）降《ふ》る、（薬が）きく、（目が）覚めるなど、自動詞が多い。これは、個々の動詞自体の性質というより、用法の別による場合が多い。

同一の動詞でも、主体の別あるいは、状況《じょうきょう》によって、「意志性」ともなり「無意志性」ともなる。

その公園を通って行こうか。（意志性）

川が山の間を通って流れている。（無意志性）

## C 動作相の動詞

a **継続性《けいぞくせい》の動詞** 歩く、働く、眠る、降《ふ》る、など、本来その動作・現象が時間的にある幅《はば》を持つもの。自・他、意志・無意志の別を問わない。

b　**瞬間性《しゅんかんせい》の動詞**　出る、立つ、着く、始める、など、動作・現象が時間的「点」、つまり瞬間的に完了《かんりょう》するもの。意志・無意志の別を問わない。

**D　状態相の動詞**

「(〜が)ある」、「(〜で)ある」、「要る」、「(時間が)かかる」ほか、形容詞的性質を持つ動詞「優れる」、「(青い目を)する」、「(山が)そびえる」など、時間の経過と直接関係のない単なる状態を表すもの。

## (3)　複合動詞の構成要素別による分類

**A　[動詞＋動詞]**

a　**[動詞$_1$(テ型)＋動詞$_2$]**　「読んでみる」、「読んでしまう」など、語彙《ごい》的アスペクトに属するものとして、「している」、「してある」、「してくる」、「していく」、「しておく」、「してみる」、「してしまう」、「してくれる」、「してあげる」、「してもらう」があげられる。この外、「捜《さが》して歩く」、「見て回る」、「疑ってかかる」など、複合動詞と見られるものもあるが、アスペクト及《およ》び造語力の観点から、ここでは先に挙げた十形を取りあげることとする。

b　**[動詞$_1$(原型)＋動詞$_2$]**　「読み始める」、「読み通す」、「立ち働く」、「飲み過ぎる」など、この種の複合形態は日本語で実に豊富である。

**B　[名詞＋動詞]**

「巣《す》を立つ」、「気が付く」のような[NP＋V]が「巣立《すだ》つ」、「気付く」という[N＋V]型に複合されたもの。

**C ［擬《ぎ》態《たい》語《ご》／副詞＋動詞］**

擬態語や副詞などと動詞が結びついて一体化したもの。ここでいう「擬態語」には、擬《ぎ》音《おん》語《ご》・擬《ぎ》声《せい》語《ご》も含《ふく》まれる。

## 〔二〕 複合動詞の文法的特《とく》徴《ちょう》づけ

### (1) 構成要素の組み合わせ

**A ［動詞＋動詞］**

二つの動詞が結合して一つの複合動詞を形成する場合、それぞれの動詞が果たす役割には違《ちが》いがある。そこで、それを主動詞［V］と補助動詞［v］によって表すこととする。

［V］とは、複合動詞の構成要素としても、元となる本動詞の意味、文法的性質を保っているもの。これを主動詞と呼ぶ。

［v］とは、元となる本動詞の表す意味をそえながら、補助的構成要素として主動詞の働きを補助する。しかし、文中において直接NPと結びつかないもの。これを補助動詞と呼ぶ。

また、前と後ろの動詞を、それぞれ前《ぜん》項《こう》動詞、後《こう》項《こう》動詞と呼ぶ。

この二つの動詞の結合体には、次の四種類がある。

(1) **［$V_1$＋$V_2$］** 両動詞とも主動詞で、おのおの単独で用いられる時と同じ意味、同じ文法的性質をもつ。文法的に両動詞は対等の関係にある。

a **［$V_1$テ型＋$V_2$］** 「ちょっと車から降りてみませんか」、「お皿《さら》を拭《ふ》いてしまって下さい」などの例では、前《ぜん》項《こう》動詞、後《こう》項《こう》動詞とも主動詞である。この形では、前・後両動詞それぞれ独立に名詞句、副詞句をとることができるが、その場合この二動詞はもはや複合動詞ではなく、二動詞が単に「テ型」で結ばれたものと見なければならない。

「お土産《みやげ》を買って帰る」→「お土産を買って、家に帰る」

「車から降りて、（景色を）見る」「お皿を拭いて、（ちゃんと戸棚《とだな》に）しまう」

この形の敬語体は、普通《ふつう》、後項動詞に敬語モルフィームを付けるが、特に敬意を表す場合、前・後両動詞を敬語化することもできる。

b 【$V_1$原型＋$V_2$】 この形はaの場合よりも$V_1V_2$の結びつきは強い。NPは文法的に前項あるいは両動詞と一致する。$V_2$の直前に語句を挿入《そうにゅう》することはできない。$V_1$をテ型に変形して$V_2$に接続することはできる。

「金庫を持ち出す」（金庫を持つ、金庫を出す）→「金庫を持って出す」

この複合動詞は、普通、結合体全体が敬語化の対象となる。

(2) 【$V_1$＋$v_2$】 $v_2$は補助動詞で、$V_1$を修飾《しゅうしょく》・限定する。文法的特徴《とくちょう》は$V_1$にあり、NPは$V_1$と結びつく。$v_2$の直前に語句を挿入《そうにゅう》することはできない。

a 【$V_1$テ型＋$v_2$】

「君の言う事がだんだん分かってきた」

「お菓子《かし》をぜんぶ食べてしまった」　菓子を食べる　＊菓子をしまう

この形の敬語化は、普通《ふつう》主動詞がその対象となるが、文脈により前項《ぜんこう》を略して後項《こうこう》に敬語モルフィームを付けることもある。

「考えてみてください」→「お考えになってみてください」

b

［$V_1$原型＋$v_2$］

「面白くて、本を一気に読みとおした」

「おいしかったので、ついケーキを食べすぎました」　ケーキを食べた　＊ケーキをすぎた

この形では、$v_2$が自動詞（用法）なら前項動詞が、他動詞（用法）なら統合的に全体が敬語化の対象となる。

自動詞用法　「お食べになりすぎた」

他動詞用法　「おやり直しになった」

(3)　［$v_1$＋$V_2$］　$v_1$が$V_2$の表す意味内容を補助し、修飾《しゅうしょく》する。文法的特徴《とくちょう》は$V_2$にあり、ＮＰは$V_2$と一致《いっち》する。

a

［$v_1$テ型＋$V_2$］

「それを聞いて飛んで来ました」（「飛んで」は、'in a hurry' の意味）

「店の前に品物が並べてある」　品物がある　＊品物が並べる

この形の敬語体は、$V_2$に敬語モルフィームを付ける。特に敬意を表す場合には、両項《りょうこう》を敬語化することもできる。

「歩いていらっしゃる」→「お歩きになって　いらっしゃる」

b

［$v_1$原型＋$V_2$］

「彼《かれ》は、まだ元気に立ち働いている」　元気に働く　＊元気に立つ

「早くその事をとり決めよう」　その事を決める　＊その事をとる

この形は、$v_1V_2$の結合度が強く、全体が敬語化の対象となる。

「お取り決めになる」「私の家にお立ち寄りになる」

(4)　［$v_1$＋$v_2$］　両動詞はお互《たが》いに補助し合い、文法的にも、意味の上からも、一つにまとまった結合体として働き、単独で用いられる時と違《ちが》った、新しい意味を表す慣用的用法である。$v_1$ $v_2$とも単独ではNPと結びつかない。この複合動詞を形成するのは、［$v_1$原型＋$v_2$］の形だけである。

「刑事《けいじ》はついに犯人が隠《かく》れている家をつきとめた」

「彼は、なおも委員長にくいさがった」　＊委員長にくう　＊委員長にさがる

この形の敬語体は、統合的に$v_1v_2$全体を対象とする。

「お突《つ》き止《と》めになる」「おとりなしになる」

なお、この四形態(1)(2)(3)(4)それぞれの間に明確な一線を画することは容易ではない。同一結合体が、文脈により異《こと》なったアスペクトを表すことが多い。

例えば［取り付ける］であるが、「アンテナをこの辺に取り付けたらどうだろう」では、NP（アンテナ）は、主動詞「付ける」に一致《いっち》する。形は［$v_1$＋$V_2$］である。「部長の了解《りょうかい》を取り付けてあるから大丈夫だ」では、NP（了解を）は、主動詞「取る」に一致する。「付ける」は補助動詞。この形は［$V_1$＋$v_2$］である。

［動詞原型＋動詞］の形は、名詞化されて用いられるものが非常に多い。

受け付ける → 受け付け　　読み掛《か》ける → 読み掛け

出来上がる → 出来上がり　　取り組む → 取り組み
引っ越《こ》す → 引っ越し　　見通す → 見通し
やり直す → やり直し　　取りやめる → 取りやめ

しかし、動詞形に対応する名詞形が、また名詞形に対応する動詞形が存在しないものも多数ある。

## B ［名詞＋動詞］

この複合語内部の名詞と動詞の文法的関係は次の三つに大別される。

a ［NをV］　腰《こし》を掛《か》ける → 腰掛《こしか》ける
b ［NがV］　目が覚める → 目覚める
c ［Nに／にてV］　役に立つ → 役立つ

元になる動詞の文法的性質が保持されているが、この結合体［NV］は、一つの複合動詞として独自のNPをとるものもある。したがって、元の形に還元《かんげん》した構造と、文法的に、そのとる動詞に違《ちが》いが出てくることがある。

「そのベンチに|腰を掛ける」＝「そのベンチに|腰掛ける」
「その問題に|片を付ける」→「その問題を|片付ける」

この複合動詞は、元となる構造に還元することができるものと、熟語化して元の構造に戻《もど》すことができないものとがある。

## C ［擬態語《ぎたいご》／副詞＋動詞］

擬態語を構成要素とする複合動詞は、［二音節＋動詞］の形をとるが、そのほとんどは、動詞「つく」と結びついて「擬態語の表す状態になる」という意味の自動詞となる。あまり生産性はない。

べとべと → べとつく　まごまご → まごつく
ぶらぶら → ぶらつく　ちらちら → ちらつく

副詞と動詞との結びつきは、[形容詞語根＋動詞] の形をとるが、その数は少ない。

近寄る、遠ざける、若返る、高鳴る

この [名詞＋動詞]、[擬態語《ぎたいご》／副詞＋動詞] は、共に「語彙《ごい》的アスペクト」を表す形式としては、あまり問題がないと思われる。

## (2) 複合動詞の意味による大別

この複合動詞は、意味の上から、a 時間的相、b 空間的相、c 程度・様態的相、の三つに分類することができる。ここでいう「時間、空間」とは、物理的なものだけでなく、抽象的《ちゅうしょうてき》、心理的な意味をも含《ふく》んでいる。また、意味範囲《はんい》の広い動詞は、二つまたはそれ以上の項目《こうもく》に現れることになる。例えば、「雨が降ってくる」の「くる」は、時間的な変化を表すので「時間的相」、「階段を登ってくる」の「くる」は、「空間的相」、「だんだん分かってくる」の「くる」は、「程度を表す相」の項目にそれぞれ分類される。

### a 時間的相

(始める、続ける、終える、など)

笑っている　考えてある　考えておく　降ってくる
読み始める　笑い出す　思い立つ　思い起こす

| | | | |
|---|---|---|---|
| 思い返す | 忘れかける | 降《ふ》り続く | 暮《く》れゆく |
| 降《ふ》りやむ | 読み終わる／える | (値が)下げ止まる | 忘れてしまう |

## b　空間的相

(行き来、出入り、など)

| | | | |
|---|---|---|---|
| 立ってくる | 登っていく | 立っている | 書いてある |
| 歩き回る | 通り抜《ぬ》ける | 巡《めぐ》り歩く | 乗り入れる |
| 飛び込《こ》む | 駆《か》け入る | 走り出る | 持ち出す |
| 乗り越《こ》す | 取り去る | 追い抜《ぬ》く | 飛び越《こ》える |
| 立ち退《の》く | 追い掛《か》ける | 追い返す | 振《ふ》り返る |
| 見通す | 透《す》き通る | 通りかかる | まい戻《もど》る |

(上がり下がり、着く、付く、など)

| | | | |
|---|---|---|---|
| 駆《か》け上がる | 駆け登る | 押し上げる | 降《お》り立つ |
| 埋《う》め立てる | 滑《すべ》り降りる | 釣《つ》り降ろす | 釣り下げる |
| 滑《すべ》り落ちる | 登り着く | 押し付ける | 引き寄せる |
| 送り届ける | 追い詰《つ》める | 飛び付く | 突《つ》き当たる |

(加わる、増える、広がる、いっしょ、たがいに、など)

| | | | |
|---|---|---|---|
| 付け足す | 付き添《そ》う | 書き添える | 書き加える |
| 建て増す | 建ち並ぶ | 晴れ渡《わた》る | 燃え広がる |

切り開く　入り交じる　入り組む　行き違《ちが》う
見交わす　出会う　見合わす

## c　程度・様態的相

(完了《かんりょう》する、終わる、など)

出来上がる　作り上げる　登り切る　登り詰《つ》める
なし遂《と》げる　読み通す　やり抜《ぬ》く　言い尽《つく》す
行き詰《づ》まる　使い果たす　書き終える　書いてしまう

(過不足、難易、など)

勝ち越《こ》す　食べ過ぎる　思い過ごす　思い余る
持て余す　飲み足りる　思い悩《なや》む　思い煩《わずら》う
言い渋《しぶ》る　言いよどむ　信じかねる　頼《たよ》り得る

(損なう、改変する、習慣、など)

乗り遅《おく》れる　言い落とす　言い忘れる　書き損なう
書き損じる　聞き(間《ま》)違《ちが》える　言いそびれる　聞き誤る
聞きもらす　やり直す　書き改める　入れ換《か》える
入れ代わる　折り返す　書き慣れる　使いつける

(強意的な意味を表す)　a　後項《こうこう》動詞　b　前項《ぜんこう》動詞

a　信じ切る　信じ込《こ》む　驚《おどろ》き入《い》る　あきれ返る

握《にぎ》りしめる　　騒《さわ》ぎ立てる　　ほめちぎる　　言い張る
にらみつける　　疲《つか》れ果てる　　困り抜《ぬ》く　　干上がる
思い詰《つ》める　　落ち着きはらう　　燃え立つ　　泣き立てる

b　取り止める　　打ち切る　　突《つ》き進む　　差し戻《もど》す
立ち向かう　　押し付ける　　切り詰《つ》める　　つけねらう

もちろんこれは概括的《がいかつてき》な分類であるが、以上見られるように、複合動詞［動詞の原型＋動詞］の補助動詞となるものは、もともと大和ことばで、現代も日常語として用いられている動詞であり、その多くは「位置の移動」、「状態の変化」を表すものである。またこのように「相」を表す補助動詞は、後項《こうこう》動詞として現れるものが圧倒的《あっとうてき》に多いと言える。ここでは、これらの複合動詞の中から使用度の高い、使用範囲《はんい》の広いものを選んで取り上げることとする。

### (3)　「領域」について

「〜てくる」、「〜ていく」、「〜てくれる」、「〜てもらう」など、個々の複合詞を扱《あつか》う前に、「位置」、「位置の移動」という点に関して、これらの動詞に現れる共通の「領域」(territory)、あるいは「視点の方向性」という問題について簡単にふれておきたい。

日本語では、自己の領域とその領域外とを区別する体系がはっきりしている。コソアドの体系や、ウチとソト（ヨソ）との使い分けにも、人称詞に場所や方位を表す言葉を使ったり、対人関係によって人称詞を使い分けたりする現象にもよく現れている。ここでいう「ウチ」とは、狭《せま》い意味の「家庭」だけでなく、学校や会社、町や国など、自己の属する社会組織といった広がりをもつ領域を意味するとともに、内面的に自分自身の精神的領域を意味している。言い換《か》えれば、「物理的・心理的に現在自分のかかわっている領域」、「自分の手のとどく、自分の影響力《えいきょうりょく》の及《およ》ぶ領域」のことである。日本語では、各自がこのウチとソトという領域を念頭において言葉を使い分けているのである。言い換《か》えれば、主体、また対象が物理的・心理的にどの領域にあるかという、視点の方向性を見極めることが大切である。この現象は動詞に関しても例外ではない。来る、行く、出る、入る、もらう、くれる、上げるなど、多くの動詞の使い方は、対人関係、つまり相手がウチに属する人間か、またはソト側の人間かという区別と深いかかわりがある。このことは、日本語でなぜ「〜てくる」、「〜ていく」、「〜てくれる」、「〜てあげる」、「〜てしまう」のような複合動詞が多いのかを知る鍵《かぎ》となる。次の例を見てみよう。

## A　ウチの領域、ソトからウチへ

もの、あるいは事態が、物理的・心理的に、また空間的・時間的に主体とかかわりがあること。

あるいは、ソトの領域から現在の主体にかかわりのあるものとなること。

(1) 君はこのままずっと友達にしておきたいんだ。
(2) その事は、充分《じゅうぶん》に彼《かれ》と話し合ってある。
(3) 今その品は切らしておりますが、すぐ取り寄せましょう。
(4) 太郎《たろう》がね、旅先から電話して来て、金送れだって。
(5) 日本の経済はこの二十年間順調に進んで来た。
(6) 子供は、神様が授けて下さるものです。
(7) その事は、山本さんに教えてもらいました。

(8)　彼女《かのじょ》は、その子を引き取る決心をした。
(9)　大切な事だから、ぜひ思い出してほしい。
(10)　彼はやっと健康を取り戻《もど》した。
(11)　彼女は自分の心の中をのぞき込《こ》まれるように感じた。

## B　ウチからソトへ

主体の熟知した領域から、相手・他の領域へ、あるいは主体の手のとどかない関係の切れたソトへ移ること。

(1)　彼女《かのじょ》は、二階の窓から身を乗り出して通りを見た。
(2)　客を送り出して、私はほっとしました。
(3)　子供は成長して親の元から巣立《すだ》って行く。
(4)　これは、戦争で死んで行った人々がのこした歌集です。
(5)　男は、それだけ言って、立ち去ったそうです。
(6)　台風が通りすぎて、きれいな青空が戻《もど》ってきた。
(7)　十年先を見通すことができたらどうでしょう。
(8)　私から山本さんに教えてあげましょう。
(9)　もう一度先生がやって見せるから、よく見ていなさい。
(10)　外の冷たい風にふれたとたんに、散歩したいという気持が消えてしまった。
(11)　彼《かれ》は仕事を同僚《どうりょう》に押《お》し付けて涼しい顔をしている。

# 第二章　[動詞テ型＋動詞]

## 〔一〕[動詞テ型＋くる／いく]

「くる」とは、人や物・事態などが、空間的・時間的・心理的にソトの領域から話し手のウチの領域に移動し、話し手にかかわりのあるものとなることを、話し手の立場でとらえて言う動詞であり、「いく」とは、話し手の地点、または視点を出発点あるいは経過点として、進行・移動がウチからソトへ、話し手の手の届かない領域へ移動することを表す動詞である。

この「話し手（自己の領域）」とは、固定したものではなく、話し手の意識とともに移動する。

「あした十時には現場に行っているから、現場の方に書類を持って来てくれないか」

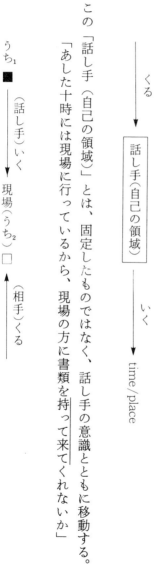

「その人はお宅にそれを持って来たんですか」

この場合、話し手の領域を相手の側に移動することによって、話し手が心理的に相手の立場に深くかかわっていることを示している。また、話し手、聞き手と直接関係をもたない二地点間の移動の場合には、視点は起点（または経過点）から目標地点へ移動するため、普通《ふつう》「いく」が用いられる。

「そこからその場所まで近いのかね。歩いて行かれるのかね」

## A 主動詞の「くる」、「いく」

［$N_1$が$N_2$へ$V_1$＋$V_2$（くる／いく）］ $N_1$が$N_2$へ空間的に移動することで、「くる」の場合、$N_2$によって表されるウチの領域は、必ずしも表出されない。

a $V_1$は、移動する際の「しかた」を表す (to come/go in a certain way; come/go on foot, come/go sitting, fly to, etc.)。

b $V_1$は、移動に移る前、または途中《とちゅう》の行為《こうい》を表す (to do something and come (back)/go away, to go and do something and then come back/proceed on one's way)。

(1) ゆっくり雪を踏《ふ》みしめるように一人の女が坂をのぼって来た。（a）

(2) 転勤で東京に移って来たんですが、関西に残して来た家をどうしようかまよっているんです。（a、b）

(3) くにから叔父《おじ》が出て来て、二晩ばかり泊《と》まって行ったんです。（b）

## 練習問題〔一〕のA

（　）の中に「くる」か「いく」のどちらかを入れなさい。

1　男は、あちらを向くと、どんどん歩いて（　）た。
2　山口は、立って（　）とする男の手をつかんで押《お》し止めた。
3　この子犬がね、とうとう家までついて（　）ちゃったんだよ。
4　隣《となり》の奥《おく》さんが時々やって（　）て、しばらく話しこんで（　）。
5　外でいろいろな悪い言葉を覚えて（　）て困ります。
6　われわれの結婚式《けっこんしき》には、田舎《いなか》の親が出て（　）てくれました。
7　五郎《ごろう》は、遊び回っていて暗くならないと帰って（　）ないんです、と母親はこぼした。
8　見ていると、川上から小船が一そうゆっくりこぎ下って（　）た。
9　秋の終わりころ、シベリアからいろいろな鳥が渡《わた》って（　）ます。
10　久《ひさ》し振《ぶ》りだね。君がこんなに遠くまで訪《たず》ねて（　）てくれるとは思わなかったよ。

## B　補助動詞の「くる」、「いく」

[$N_1$が$N_2$へ$V_1$＋$v_2$（くる／いく）]「くる」は、「ある現象・作用が、物理的・心理的に話し手の領域に達すること」を、「いく」は、その逆の意味を表す。この形は、次の五つに分類される。

a　$N_1$（主体）自身が移動するのではなく、ある意図的行為《こうい》で相手に働きかけることを表す。「くる」だけが使われる。

(1) 旅行先から電話してきて、「金送れ」だって。

(2) 旅行会社から旅行案内書を送ってきた。

(3) あの人は私が店にいると、よく声をかけていくんですよ。

語彙《ごい》 知らせる、報じる、電話をかける、書く、言う、撃《う》つ、返す

b 「くる」は、ある現象・作用が空間を経て、話し手の領域に達すること。「いく」は、その逆を意味する。

(1) 汽笛《きてき》の音が、重なり合った山々からこだましてきた。

(2) 子供は、池に石を投げては、波紋《はもん》がしだいに広がっていくのを興味深そうに見ている。

(3) 横なぐりの強い風が、われわれに雨を吹《ふ》きつけてきた。

語彙 聞こえる、響《ひび》く、(振動《しんどう》が)伝わる、(風が)吹く、匂《にお》う、こだまする

c 「くる」は、時間的に、ある動作・現象が現在まで継続《けいぞく》し、現在の話し手にかかわりを持つこと、「いく」は、現在から将来という時間的未知の領域に進行していくことを表す。時を示す副詞によってその意味が明確にされる。

(1) この二十年間、日本経済はおおむね順調に進んできたと思う。

(2) この洗濯機《せんたくき》も、だいぶ長く使ってきたけど、もう買《か》い替《か》え時ね。

(3) これから、私たった一人で生きてゆけって言うんですか。

d ある状態・現象が新しく実現しては、はっきり認識できるようになり、話し手とかかわりを持つようになること。この用法には、「くる」だけが使われる。$V_1$の動詞は、無意志性

である。

(1) ある日、彼女《かのじょ》が家を空けなければならない事情が出来てきた。

(2) いつからか、小さいころから好きだった鳥を、専門に勉強しようという気持ちが芽生えてきた。

(3) 久《ひさ》し振《ぶ》りで会うと、やはり親しみがかえってくる。

語彙《ごい》　晴れる、（日／雲が）出る、降る、生まれる、生える、（考えが）浮《う》かぶ

e　時間の経過（「くる」は、過去から現在へ、「いく」は、現在から将来へ）とともに、ある状態から別の状態へ次第に変化していくことを表す。無意志性の動詞が使われる。

(1) ほうたいが緩《ゆる》んできたんだ。巻き直してくれない？

(2) 薬が効いてきて、痛みが薄《うす》らいでいくのが分かった。

(3) 一夏の短い生涯《しょうがい》を終えて死んでいく虫たちが哀《あわ》れでなりません。

「くる」「いく」ともに、事態の変化を空間のみでなく時間の中でとらえて、その移動を表すものだが、話し手の立場、あるいは視点がどこにあるかによって、「くる」「いく」のどちらが使われるかが決まってくる。

一人の老人がゆっくりと坂を上って来た。（話し手は坂の上）

一人の老人がゆっくりと坂を上って行った。（話し手は坂の下）

しかし、動詞によっては、そのどちらかの接続が無理なものがある。

| | 現れる | 生まれる | 起こる | 見える | 遠ざかる | 死ぬ |
|---|---|---|---|---|---|---|
| くる | + | + | + | + | − | − |
| いく | − | − | − | − | + | + |

「現れる」、「(気持ちが）起こる」、「生える」、「生まれる」、「見える」などのように、現象・感覚が自然に発生し、現れるという意味を表す場合——多くは無意志性の動詞——は「くる」と結びつく。一方、「死ぬ」、「(日が）沈《しず》む」、「遠ざかる」など事物・事態が物理的、心理的に話し手の手のとどかない領域へ移動するという意味しか表さない動詞は、「いく」と結びつく。

## 練習問題〔一〕のBのa・b

文中の適当な動詞に「くる」を加えなさい。9と10には「いく」を加える。

1　「奥《おく》さん、いる?」垣根越《かきねご》しに、隣《となり》の奥さんが声をかけた。

2　これを出版社が送ってくれたよ。クレーの版画の複製らしい。

3　ピッチャーが二球めに投げたカーブを力いっぱいたたいたんです。

4　結婚《けっこん》して福岡《ふくおか》に行っている娘《むすめ》から、男の子が生まれたと知らせた。

5　小田さんは、そのあなた宛《あて》の手紙に何て書いたんですか。

6　汽笛《きてき》の音が、幾重《いくえ》にも重なり合った山々からこだました。
7　すごい吹雪《ふぶき》で、まともに吹《ふ》きつける。目も開《あ》けていられない。
8　客間の方から、楽しそうな笑い声がした。
9　祭りの太鼓《たいこ》の音が、遠くの山々まで響《ひび》く。
10　日本で起こった地震《じしん》の地震波《じしんは》が、アメリカ大陸まで伝わるんだから、大変なエネルギーですね。

## 練習問題〔一〕のBのc

文中の適当な動詞に「くる」か「いく」を加えなさい。

1　結婚《けっこん》してから、親たちとは別々に暮《く》らしました。
2　子供が上の学校に行くようになって、やっと落ち着いた日々が戻《もど》った。
3　この内職のあがりだけでも、これから充分《じゅうぶん》やれると思った。
4　これがあれば、もう一年は金の心配をせずに暮らせると考えた。
5　彼《かれ》の性格なら、長く付き合った私はよく知っていました。
6　長年これを使ったんですが、私は満足しています。
7　彼女《かのじょ》は、温かな愛情に包まれて、皆《みな》にかわいがられた。
8　私は、博士の講演を聞いて、これから進むべき道を見付けたと思った。
9　こんな風では、これからどうなるか心細かった。
10　今までお互《たが》いに違《ちが》った環境《かんきょう》の中で暮《く》らした二人が一緒《いっしょ》になるんだから、色々問題が起こるのは当り前でしょう。（二か所）

## 練習問題〔一〕のBのd・e

文中の適当な動詞に「くる」か「いく」を加えなさい。

1 さわやかな四月の野を歩いているうちに、心が晴れた。
2 「どうかしましたか」「うん、熱が出たような気がするんだ」
3 病院から解放されて見ると、山が紅葉《こうよう》しているのが分かった。
4 やがて日が差すと、ずっと部屋の中まで明るくなった。(二か所)
5 毎晩、街の灯がだんだんと消えるのをここから見ているんです。
6 彼女《かのじょ》は、体が怒《いか》りにふるえた。なんて無責任な人たちだと思った。
7 おかげさまで、体がだいぶ温かくなりました。寒い時は火が何よりのごちそうです。
8 彼《かれ》、お酒が効いたみたい。あんなに赤くなって……。
9 今、詩を書いているんだけど、なかなかいい言葉が浮《う》かばなくて……。
10 死ぬ人がいれば、生まれる人もいる。(二か所)
11 秋も半ば、これからはどんどん日が短くなる。寂《さび》しいね。
12 クリスさんもだいぶ日本に慣れたようね。明るくなったわね。(二か所)

## 練習問題〔一〕のA・B

文中の「くる」「いく(ゆく)」の用法を述べなさい。

【例】 (1) どうしても分からないので、先生に聞いて来た。

(2)　鳥は姿を見せず、「がさがさ」という音だけが遠ざかっていった。

【答】
(1)　1のb
(2)　2のb

1　この水は、富士の雪が溶けて流れてくるんですよ。
2　そのころは、日の詰《つ》まってゆくせわしない秋に、だれも注意をひかれる肌寒《はだざむ》の季節であった。
（『こころ』）
3　その光景を心にとめる間もなく、バスはさっと通り過ぎてゆく。
4　隣《となり》からすごいいびきが聞こえてきて、全然眠《ねむ》れませんでした。
5　これらの虫は、一夏の短い生涯《しょうがい》を終えて死んでゆくのだ。
6　途中《とちゅう》で郵便局に寄って行きたいから、駅で待ちあわせましょう。
7　今、うちの子は反抗期《はんこうき》でね、事ごとにつっかかってくるんです。
8　薬が効いてきて、痛みが薄《うす》らいでいくのが分かった。
9　自分のやりたい事だけやっていけたら幸せじゃないか。
10　あ！　やっと富士山が見えてきた。日本に帰ったんだなあ。
11　話していると、相手の温かい気持ちがこっちに伝わってきた。

## 〔二〕 [動詞テ型＋いる／ある]

### (1) [動詞テ型＋いる]

この複合動詞は、「動かずに同じ場所にじっとしている」という、本動詞「いる」の基本義をうけて、「同じ動作、同じ状態のままでいる」つまり、「動作・現象が継続《けいぞく》して、〈いる〉で表される現在の時点にかかわっている」ことを表す。この形の基本的な用法は次のA、Bの二つに大別される。

## A

### a 動作・現象の継続を表す

「ある動作・現象が過去の一時点に始まって、現在まだ終了せずに、なお持続している」ことを表す。この用法では、$V_1$は継続性の動詞が普通である。主動詞の「いる」と同様に、敬語では「いらっしゃる」、謙譲語《けんじょうご》では「おる」が使われる。また、日常のくだけた会話では、「～ている→～てる」、「～ているの→～てるの→～てんの」のように短絡《たんらく》されることが多い。

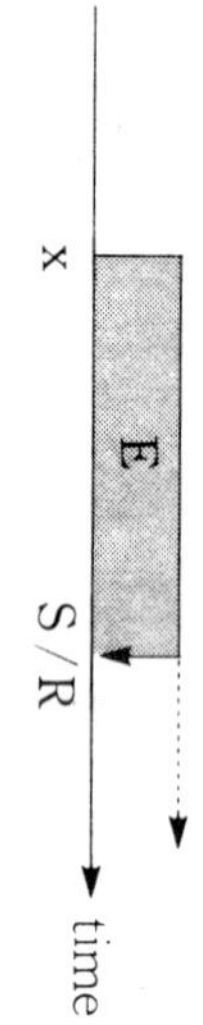


S: point of speech R: point of reference E: point of event (Reichenbach 1947)

(1) 子供達、元気だね。寒いのに、朝からああして、外で遊び回っているんだから。
(2) おしゃべりしているうちに、もうこんな時間になっちゃった。
(3) 「彼《かれ》は、何をしてるの」「お酒を飲んでるわ」「いいご身分だね」
(4) じいさんは、子供等がじゃれあっているのを、飽《あ》きずに笑って見ていた。

「彼は、お酒を飲んでいる」という文は、'He is drinking sake.' と単純に 'be -ing' 形を対応させて英語に訳すわけにはゆかない。時間を表す副詞によって容易に意味が変わってくるからである。

1　彼は　今　　　酒を飲んでいる。(He's drinking sake at the moment.)
2　彼は　朝から　酒を飲んでいる。(He's been drinking sake since morning.)
3　彼は　もう　　酒を飲んでいる。(He's started drinking sake already.)
4　彼は　よく　　酒を飲んでいる。(I find him dirnking sake very often.)

しかし、右の文に内在する共通点は、「ある過去の時点xに酒を飲むことが始まり、それが現在の時点S／Rまで続いている、そして、その行為《こうい》が将来にもしばらく続くと暗示されている」ことである。

3、4の場合、その行為がある過去に始まって、現在まで繰《く》り返《かえ》し行われていることを表している。これを継続《けいぞく》の一種として、繰り返し、あるいは、習慣的動作・現象と、項目《こうもく》を立てることができる。この用法では$V_1$に瞬間性《しゅんかんせい》の動詞も現れる。

b

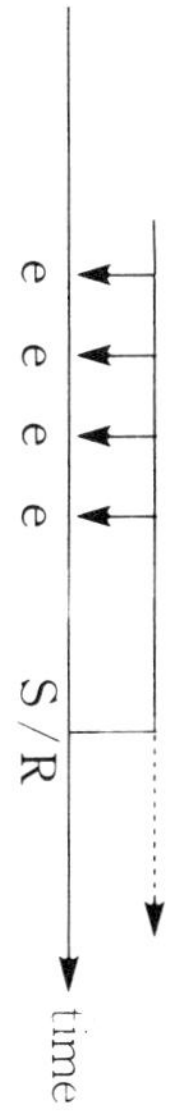


(1)　品が良くて安いし、近いから、いつもこのスーパーで買っているのよ。
(2)　彼《かれ》はこのごろよくこの電車に乗っているよ。

}同一主体の繰《く》り返《かえ》し

(3) 各地の桜《さくら》がぼつぼつ咲《さ》き始《はじ》めているそうです。
(4) このカーブでたくさんの事故が起こっている。
} 多数の主体による繰り返し

この継続《けいぞく》用法で問題となる点についてふれておきたい。

(1) 英語の'be -ing'形には、将来行われる動作・作用を表す用法があるが、これは、［$V_1$テ型＋いる］形には対応しない。

Ken's *coming* tomorrow.
I'm *meeting* her next Tuesday.
*I'm reading* a paper to the conference tomorrow.
They*'re taking* the children to the zoo this afternoon.

そのため、「ケンが来ています」、「父は会社に行っています」、「金魚が死んでいます」のような、［瞬間性《しゅんかんせい》の動詞＋ている］の意味を誤《あやま》って取ることになる。

「魚が死んでいる」→ The fish is dead. ＊The fish *is dying*.

(2) possess, own, belong, contain, work for, commute, attend, live, remember, know, sell, wear などは、普通《ふつう》'be -ing'形を取らずに習慣的な動作・状態を表すが、日本語ではこれらに、［動詞テ型＋いる］形が対応する。

They own several houses. ↕ 家をいくつか持っている。
She always keeps old letters. ↕ 古い手紙を持っている。
They sell milk at that shop. ↕ あの店でミルクを売っている。
A big pine tree stands by the pond. ↕ 松《まつ》の木が池の畔《ほとり》に立っている。

He says he is going to marry Akiko very soon. ↕ 彼はもうじき明子さんと結婚すると言っている。

Do you remember where you put the glasses? ↕ 眼鏡《めがね》をどこに置いたか覚えていますか。

## B　状態の持続

物事の動作・作用そのものを、継続《けいぞく》し、まさに行われつつあるという動きとしてとらえる継続用法と対象的に、物事の静的ありようを、あるがままにとらえて表現する用法は「状態の持続」という項目《こうもく》で分類される。これは、さらに次のa、b二つの用法に分けられる。

a　動作・現象の結果の残存　動作相の動詞の場合、それが状態としてとらえられるには、その動作・作用が終止していなければならない。であるから、これは、ある過去に実現し、終了《しゅうりょう》したある動作・作用が、「いる」で表される現在の時点に何らかの形で影響《えいきょう》を及《およ》ぼしていると理解される。

時間的幅《はば》をもたない瞬間性《しゅんかんせい》の動詞は、「継続」を表す「いる」と意味の上で対立するので、普通《ふつう》この「結果の残存」の意味となる。

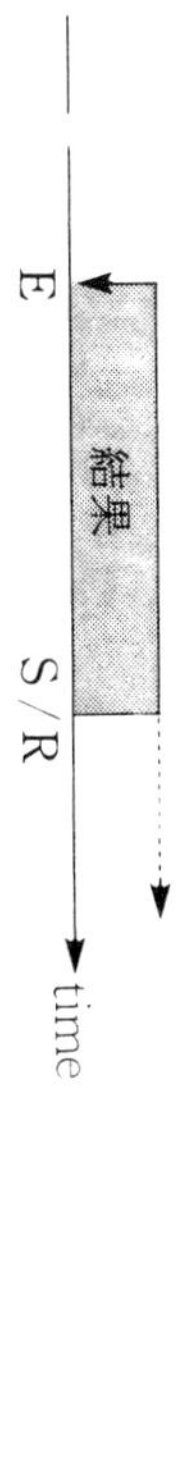


(1)　おや、あんな所に人が倒れている。どうしたんだろう。

(2)　もう列車が着いていますよ。早く行きましょう。

(3) この猫《ねこ》は人なつこくて、いつの間にかそばに来ているんです。

(4) 彼《かれ》は、少し休もうと思った。歩き続けて、疲《つか》れきっていた。

「人が倒れている」という文は、「人が（人が倒れた）テ いる」という構造が元になっている。埋《う》め込《こ》み部分にあるように、人は、「いる」で示される「現在の時点より以前にすでに倒れたのであり、その結果として、現在その場に倒れた状態で存在する」ことを表している。このように、この複合動詞には過去を埋め込むことができるので、継続性《けいぞくせい》の動詞も結果の残存の意を表すことができる。

［彼は（彼が 酒を飲んだ）テ いる］という構造は、表層文では［彼は 酒を飲んでいる］となるので、［彼は（彼が 酒を飲む）テ いる］の表層文［彼は酒を飲んでいる］と同じ形になる。しかし、前者が表す意味は、「過去のあらゆる時点に、酒を飲んだことが、その行為《こうい》自体は終了《しゅうりょう》しているが、何らかの形——酔《よ》っ払《ぱら》っているとか、赤い顔をしているなど——で現在の彼のあり方に影響《えいきょう》を及《およ》ぼしている」という結果の残存を意味している。また、この用法では、近い過去を示す語句が付加されることが多い。

b

時間の経過の中で、始まりがあり、終わりがあるという動詞相の動詞の範疇《はんちゅう》に入らない、いわゆる状態動詞は、この複合動詞の形に組み込《こ》まれて、時間から切りはなされた単なる状態を表す。これは、一種の形容詞的用法と言える。

(1) 私達の行く手には、巨大《きょだい》な氷の壁《かべ》がそそり立っていた。

(2) この山は、実に男性的で堂々としていると思いませんか。

(3)　彼女《かのじょ》は、愛らしいまんまるな顔をしている。

(4)　この辺が、私の故郷の景色ととてもよく似《に》ているんです。

以上、各用法の違《ちが》いは、動詞の種類にもよるが、実際は、動作相の動詞も、状態を表す場合が非常に多いわけで、動詞の種類ばかりでなく、その使われ方、話し手の視点がどこに向いているかで判断しなければならない。つまり、文脈によってその表そうとする意味を理解しなければならない。

次の例を比べてみよう。

1　［倒れている］

あ！　人が倒《たお》れている。（結果の残存。人がある近い過去に倒れて、他の人が助けを必要としている状態が現在まで続いている。）

山を歩いていると、よく木が倒れているのを見掛《みか》ける。（単なる状態。同じ動詞が使われているが、前の例と違《ちが》う点は、「倒れる」というある過去における現象の実現よりも、話者の目にした現在の時点での木の状態に視点が向けられている。）

2　［走っている］

ユニホームを着た一団の学生達がグランドを走っている。（継続《けいぞく》）

ここ一か月、ずっと出勤前に二十分ばかり走っている。（習慣）

この車はもう七万キロも走っている。（完了《かんりょう》／結果）

砂漠《さばく》の中を、一本の道路が真っすぐに走っている。（半永久的状態）

彼《かれ》はちょっと感情に走っているのではないか。（一時的状態）

## 練習問題〔二〕の(1)

一 （ ）内の動詞のうちで、動作の時間的幅《はば》をはっきり表した方がいいと思われるものに「いる」を加えなさい。

【例】太郎《たろう》、朝から（勉強しない）て、（遊ぶ）ていいんですか。
【答】太郎、朝から勉強しないで遊んでいていいんですか。

1 （降《ふ》る）、（降る）！ これはきっと（積もる）ね。
2 ちょっとじっと（する）て、（動く）ないで！ はい、チーズ。
3 ゆうべは遅《おそ》くまでテレビを（見る）たので、今朝はねむくて……。
4 お父さんが（帰る）まで、食事を（する）ないで（待つ）ましょうね。
5 まだ（揺《ゆ》れる）ますね。長いですね。猫《ねこ》も（落ち着く）ないようですね。
6 しばらくいい天気が（続く）が、来週はどうだろう。
7 道路に沿《そ》って小さな川が（流れる〈終止形〉）。（透《す》き通《とお》る〈終止形〉）水の中を、ひごいがあちらこちら（泳ぎまわる）た。
8 「彼《かれ》、（失恋《しつれん》する）たんだってね」「うん、このごろ酒ばかり（飲む）らしいよ」
9 父は、今はもう（引退する）て、毎日古道具ばかり（いじる〈終止形〉）。
10 日本のすみれは、（眠《ねむ》る）ような感じだと漱石《そうせき》は（言う〈終止形〉）。
11 「何ぼんやり（考える〈終止形〉）の？」「しっ！ ほら、（見る）て！ 小鳥が水浴びを（する〈終止形〉）わ」

12 誰《だれ》でも、目を（うるおす〈終止形〉）ための涙《なみだ》が、毎日1ccぐらいは（出る〈終止形〉）。「私は絶対に泣かない」と（言う〈終止形〉）人でも、毎日涙を（流す〈終止形〉）わけ。

二 文中の動詞で、動作の時間的幅《はば》をはっきり表した方がいいと思われるものに「いる」を加えなさい。

1 下から誰《だれ》か歌を歌う声が上がってくる。二人らしい。近付いてくるのを聞くと、それは、「赤とんぼ」の曲だった。

2 観察するうちに、くもがどんどん巣《す》をかけてゆく。正一は記録するのも忘れて、飽《あ》かず見入った。

3 そのころ、私達兄弟は十日に一遍《いっぺん》の割でけんかしました。

4 これを毎晩かかさずに盃《さかずき》一杯《いっぱい》飲みますと、体にいいんです。

5 「あまり長く乗馬をやるとO《オー》脚になるよ」「本当？ うそでしょう」

6 彼《かれ》は、面白い事を言っては、いつも皆《みな》を笑わせる。

7 郊外《こうがい》に出た。とんぼの群れが飛びかい、すすきの穂《ほ》が十月の風に銀色に揺《ゆ》れた。

8 いつもきれいに髭《ひげ》をそるんですね。ゆきは道夫に話し掛《か》けた。

9 かゆばかり食べてると、それ以上の堅《かた》いものをこなす力が、いつの間にかなくなってしまうのだそうです。

10 いい聞き手は、話し手の言おうとする事を、自分の言葉でまとめることができる。

11 泣いても、笑っても一日は同じ。それならニコニコ暮《く》らした方が楽しいのではないか。

12 ある医者が、「近ごろ病院にやってくるお母さんたちと話すと、まるで外国人と対話するみたいだ」と言った。

三 （　）内の動詞に補助動詞「いる」を加えなさい。

1 次の朝目が覚めた時、もう日が高く（のぼる）ました。
2 私はびっくりした。彼女の態度がさっきとまるっきり（変わる〈終止形〉）のです。
3 信号機が故障して、電車がさっきから（止まってしまう〈終止形〉）。
4 JAL507便でしたら、もう二十分前に（到着《とうちゃく》する〈謙譲語《けんじょうご》〉）ます。
5 道端《みちばた》に腰を下ろしたおじさんの帽子《ぼうし》に、蝶《ちょう》が（とまる）た。
6 妙《みょう》な夢《ゆめ》を見て目が覚めた。脇《わき》の下から汗《あせ》が（出る）た。
7 彼《かれ》は（酔《よ》っ払《ぱら》う）た。一言《ひとこと》いうたびに酒のにおいがした。
8 申し訳ございませんが、あいにく部屋はもうみな（ふさがる〈謙譲語〉）て、お泊《と》めすることはできません。
9 ここに置いてあった辞書が（無くなる〈終止形〉）。誰《だれ》が持っていったんだろう。
10 会議が終わって外へ出た時、もう夕闇《ゆうやみ》が（下りる）た。

四 傍線部《ぼうせんぶ》の語句を、（　）内の動詞を使った複合動詞で言い換《か》えなさい。

1 気候の点で、日本とヨーロッパはだいぶ違《ちが》うようだ。（異《こと》なる）
2 国民性なんでしょうね、彼《かれ》は気が長いようです。（のんびりする）
3 彼と私とは、大学は同じでしたが、専攻《せんこう》が別でした。（違う）
4 あの子はまだ十歳なのに、ずいぶんませて見えるね。（大人《おとな》びた顔をする）
5 彼の出立《しゅったつ》の日は、ちょうど幸子の祝言《しゅうげん》の日だった。（と重なる）

6　菓子皿《かしざら》の中を見ると、立派なようかんが二切れあった。（並ぶ）
7　この水は鉱泉でして、色々な成分が認められます。（含《ふく》む〈受け身〉）
8　落ち葉の積もった林の中には、ちゃんと道があった。（つく）
9　心臓外科《げか》の分野では、その大学病院が優秀だそうです。（優れる）
10　こんなに①遠くても、この島は東京都②なんですよ。（①離《はな》れる　②に属する）
11　私は、男に比べると女の方がそれだけ直覚が豊かなのだろうと思った。（に富む）（『こころ』）
12　道の両側は深い崖《がけ》①だった。峠《とうげ》を登り切ると、そこに茶屋が二軒《にけん》②あった。はるか前方に富士に似《に》た峰《みね》が③見えた。（①なる　②立つ　③そびえる）

五　文中の複合動詞の用法（A-a、A-b、B-a、B-b）を述べなさい。

【答】【例】　この靴《くつ》は、ひもが切れかかっている。
B-b

1　このごろ銀行・郵便局は、土曜日も閉まっています。
2　それは、この地図には出ていないんじゃないですか？
3　母は今ちょっと出ているんですが、一時間ほどしたら帰ると思います。
4　親は知らなかったが、中学三年で彼《かれ》はもうたばこを吸《す》っていた。
5　隣《となり》の夫婦のけんかには、近所の者はもう慣れっこになっていた。
6　私達が入って行った時、そこではもう講演が始まっていた。
7　聴衆《ちょうしゅう》は、みな熱心に氏の講演に耳を傾《かたむ》けている。

8 あのお嬢《じょう》さんは偉《えら》い、と和尚《おしょう》さんがよくほめていました。
9 私、今青山で小さな料理屋をやっておりますの。
10 それは、だんなさん、考え違《ちが》いしていらっしゃいますよ。

六 次の英文のうち、複合動詞を使った方がいいものは使って和訳しなさい。

1 I'm seeing my dentist this afternoon.
2 Taichi is seeing a lot of Sachiko these days.
3 Oh, my gosh, I'm forgetting my umbrella.(I almost forgot～.)
4 You're continually finding fault with me.
5 I've had no news of him since he left for London.
6 Miya has been away from school during the last few weeks.
7 The forests stretch for hundreds of miles.
8 You probably remember the evening we first talked about getting married.
9 Jesus Christ says in the Bible,'Thou shalt love thy neighbour as thyself'.
10 With so many cars running in front of my house I cannot settle down to my studies.
11 I used to be a great frequenter of these coffee shops until I bought my 'pasokon'.
12 The NHK weather report this morning said that we should have some snow in the evening.
13 This sake contains a large percentage of alcohol.
14 There has been no rain here for over four weeks.

15　She said she was going to the films that afternoon.

## (2)　[動詞テ型＋ある／ない]

この形の元となる構造は、[動作主＋目的語＋他動詞・使役動詞]でその意味は、「動作の主体である人の意識的行為《こうい》が完了《かんりょう》し、その結果が現在に残存している／ある」である。この形では、その動作主は表出されない(Somebody has finished doing the activity and the result IS left in that state.)。「その品物は油紙で丁寧《ていねい》に包んであった」は、次の構造にもとづいている。

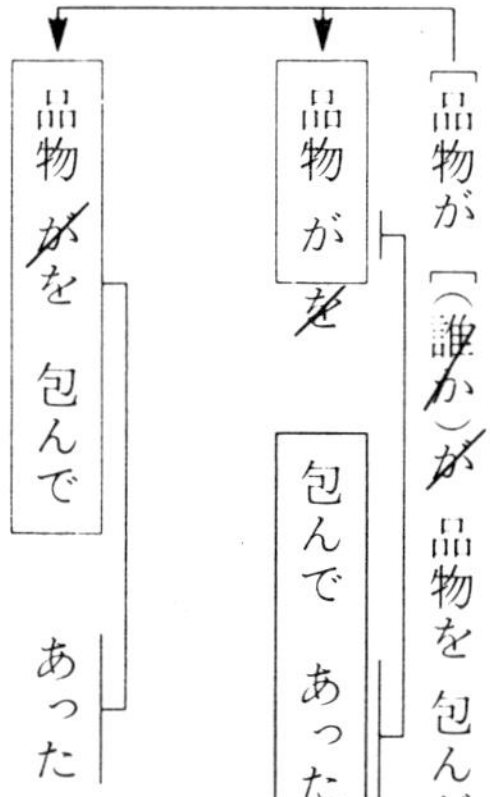
[品物が　[(誰か)が　品物を　包んだ]テ　あった]


状態を表す述語と共起する直接目的語に「が」を付加する。(柴谷《しばたに》 1978)(Somebody wrapped the article, and IT IS in the state of being wrapped.)

他の助詞に直接先行する格助詞を消去する。(柴谷 1978)(Somebody wrapped the article, and that's the way things are now.)

この例のように、目的語は、表層文では、「を」でも「が」でもうけることができる。この場合、話し手が陰《かげ》の行為者《こういしゃ》の意図をはっきり表出したければ「を」を、意図を強調したくなければ状《じょう》況《きょう》描《びょう》写《しゃ》的に「が」を適用するのだと言える。

動詞「ある」の否定形は、形容詞「ない」が使われる。$V_1$は、意志性の他動詞で、終結動詞でなければならない。したがって、次の文は文法的ではない。

＊彼《かれ》は、その事を喜んである。↓……喜んでいる。
＊手紙が忘れてある。↓手紙を忘れている。

(1) ランプはすでに消してあるから、暗くてどこに何がいるか判然と分からない。(『坊っちゃん』)
(2) 大きな札へ黒々と湯の中で泳ぐべからずと書いてはりつけてある。(『坊っちゃん』)
(3) 門から玄関《げんかん》までは御影石《みかげいし》で敷きつめてある。(『坊っちゃん』)
(4) あなたの事は先方に話してあります。ご心配なく。

この形は、［～している］と非常に近い関係にあるので比べてみよう。

1 ［Nが自動詞テ型＋いる］、［Nが他動詞テ型＋ある］

こんな所に車が　a 止まっている。　b 止めてある。
入り口に掲示板《けいじばん》が　a 出ている。　b 出してある。

右の二例の「止まる—止める」、「出る—出す」のように、相対する自動詞と他動詞がある場合、［Nが自動詞テ型＋いる］［Nが他動詞テ型＋ある］と、対照的な形となり、［ある］構文の方に人の意図が感じられる以外に、二つの形の間に大差はないと思われる。

2 ［NがNを他動詞テ型＋いる］、［NがNを他動詞テ型＋ある］

おかしな所に車を止めて　a いるね。　b あるね。
あいつ、こんな所にラブレターを隠《かく》して　a いる。　b ある。
彼《かれ》なら、もうその資料は読んで　a いるだろう。　b あるだろう。

a、bとも行為《こうい》は完了《かんりょう》しているが、「いる」と「ある」の使い分けによって、表現する所に違《ちが》いがある。「いる」構文では、「いる」で表される主体・行為者、及びその主体の行為に焦《しょう》点《てん》が当てられており、「ある」構文では、行為の結果が「存在」していることに視点が向けられている。「ある」構文では、行為者は表出しにくい。

この1、2をまとめて比較《ひかく》すれば、

(1) 電話線が切れている。——何かの自然発生的原因で起こった状況。
(2) 電話線が切ってある。
(3) 電話線が切られている。
}行為者の意図を示唆《しさ》しているが、視点は、行われた状況《じょうきょう》の方により向けられている。
(4) 電話線を切っている。——人がその行為を続行中である、または完了したことを表し、視点は行為者に向けられている。
(5) 電話線を切ってある。——結果をもたらした行為者の意図に視点が向けられている。

## 練習問題〔二〕の(2)

一　傍線部《ぼうせんぶ》の動詞に「ある」を加えなさい。

【例】（だれかが）壁《かべ》に花の絵を掛《か》けました。
【答】絵が掛けてあります

1 （だれかが）壁に「禁煙《きんえん》」と書いた紙を張り付けました。
2 （だれかが）ベンチのペンキを塗《ぬ》り替《か》えましたね。きれいになった。
3 （私が）大事な手紙をもうちゃんと出しました。

4 来週の会議の事はもうあの人に知らせましたか。
5 食事はもう用意しましたよ。食べられるばかりになっています。
6 部屋はアコーデオン・ドアで仕切って、便利に出来ていた。
7 (お母さんが) ケーキの上に「お誕生日《たんじょうび》おめでとう」と書きました。
8 船酔《ふなよ》いの薬を飲んだから大丈夫です。
9 この間のコンサートの演奏は、テープに取りました。
10 参考になる所に紙を狭《はさ》んだから、見ておいてほしい。

二 （　）内の文を、本文に埋《う》め込《こ》みなさい。ただし埋め込み部分の行為者は消える。

【例】壁《かべ》にきれいな花の絵がありました。(だれかがそれを掛《か》けた)
【答】壁にきれいな花の絵が掛けてありました。

1 ベランダにふとんがありました。(奥《おく》さんが干した)
2 株券は銀行にあります。(私が預けた)
3 ジュースは、ここにあります。(私が冷やした)
4 小屋の前に材木がたくさんあった。(だれかがほうり出した)
5 あなたの荷物は二階の部屋にあります。(私が運んだ)
6 こんな所に車があるね。交通違反《いはん》だね。(だれかがとめた)
7 子供には黙《だま》っていてね。プレゼントはもうあります。(私が買った)
8 八百屋《やおや》の店先に果物や野菜が豊富にあった。(八百屋さんが並べた)

9　床《とこ》の間の花瓶《かびん》に立派な松《まつ》の枝《えだ》がある。（だれかが生けた）
10　この案内書には、峠《とうげ》まで四キロとあるよ。（著者が書いた）

三　文中の自動詞・受け身の構文を、複合動詞の構文に直しなさい。

【例】壁《かべ》にきれいな花の絵が掛《か》かっている。
【答】……絵が掛けてある。

1　この部屋のドアは、鍵《かぎ》がかかっていますね。
2　部屋の電灯が付いていますから、寝《ね》る時に消してください。
3　彼《かれ》の所に行ったら、本棚《ほんだな》にいろいろ面白そうな本が並《なら》んでいた。
4　窓には若い娘《むすめ》に似合《にあ》ったカーテンが垂《た》れている。
5　「週末はどうするんですか」「まだ決まっていないです」
6　冷蔵庫にケーキが残っているから、あとで食べなさい。
7　玄関《げんかん》には、もうスーツケースや帽子《ぼうし》が出ていた。
8　きのうは疲《つか》れたでしょう。だから、子供達はまだ寝ています。
9　ガラスのはちには、水が入っていて、中に金魚が泳いでいた。
10　部屋の中がきれいに片付いているね。ガールフレンドでも来るの？
11　「万事よろしく頼む」でその手紙は結ばれていた。
12　隣《となり》の家とは、たけの低い生《い》け垣《がき》で仕切られていました。

四　文中の動詞に、「ある」か「いる」を加えなさい。特に指示のない場合を除き、現在終止形を用いなさい。

1 うちの人は、寒いとお酒ばかり飲んで（　　　）んです。
2 どの部屋にも、冷暖房装置《れいだんぼうそうち》が備え付けて（　　　）ます。
3 ページが折って（　　　）ところを見ると、ここまでは読んだというわけだね。
4 ほう！　君ももうこんな難しい本を読んで（　　　）の？　見直したね。
5 上手に出来て（　　　）ね。これは君が作ったのかい。
6 向こうには、電話をして（　　　）ますから、行けば分かると思います。
7 彼女《かのじょ》のハンカチには、大文字でR・S・とイニシアルが縫《ぬ》い込《こ》んで（　　　）ました。
8 宿に着いた時、夏の空にはまだ明るさが残って（　　　）た。
9 この書類は、もうすべて目を通して（　　　）から、経理部の方へ回してくれ。
10 そのハムレットの有名なせりふは、この本にはこう訳《やく》して（　　　）。

〔三〕

## ［動詞テ型＋おく］

「おく」の基本義「事物にある位置を与《あた》えて、手を放し、そのままにとどめる」は、この複合動詞の中に保持され、次のような用法として現れる。

### ［NP＋$V_1$テ型＋$v_2$（おく）］

**A** 対象に働きかけて、意識的に対象をある状態にし、ある状態を作りだし、その状態を保持する。動作主の意識的な状態作りであるところから、何らかの目的意識があるのが普通《ふつう》である（to do something and keep it as it is (in order that～)；. . . for fear that～))。

a　対象（事物・金銭・情報など）の位置や所有権《しょゆうけん》の移動を表す。

(1) これは、冬の間、温室に入れておいた方がいいです。

(2) 肉を早めに冷凍庫《れいとうこ》から出しておかないと、間《ま》に合わないわ。

(3) ハンカチと定期券と財布と、ここに置いておきますよ。忘れないでね。

(4) お代は前にいただいておくことになっておりますので。

b　対象自体を変化させて、そのままの状態を保持することを表す。

(1) このシャツを洗っておいてくれる？　今度の日曜の試合に着て行くんだ。

(2) 僕《ぼく》の帰りが遅《おそ》いと、下宿のおばさんが布団《ふとん》を敷《し》いておいてくれるんです。

(3) 大学生活第一日めだもの、講義の内容を大切にノートに書いておいたよ。

中には、精神的な働きなどで、具体的に形になって現れないものもある。

(1) 後で問題にならないように、契約書《けいやくしょ》を読んでおいた方がいい。

(2) 来週討論会があるから、考えておかなくちゃ。

(3) 自分に言い聞かせておくんです。覚えておくがいい。おまえはもう若くないんだとね。

## B

対象に働きかけずに、すでにある状態にあるのを、意識的にそのままの状態に保持するという積極的態度を表す。その意図の目指すところは、次の二つである（to keep ~ untouched; let ~ be as [it] is (in every way))。

a　そのままの状態にあることを望む、また、それでいいとする。

b その状態が保たれることによる効果に期待する。

(1) このキムコは、そのまま冷蔵庫の中に入れておいていただけばいいのです。

(2) その株はいい株だから、しばらく放っておきなさい。そのうち値が出ると思いますよ。

(3) 君は友達《ともだち》にしておきたいんだ。だから金を貸さないんだ。

(4) 地《じ》震《しん》の情報は、刻々お知らせします。テレビを切らないでおいて下さい。

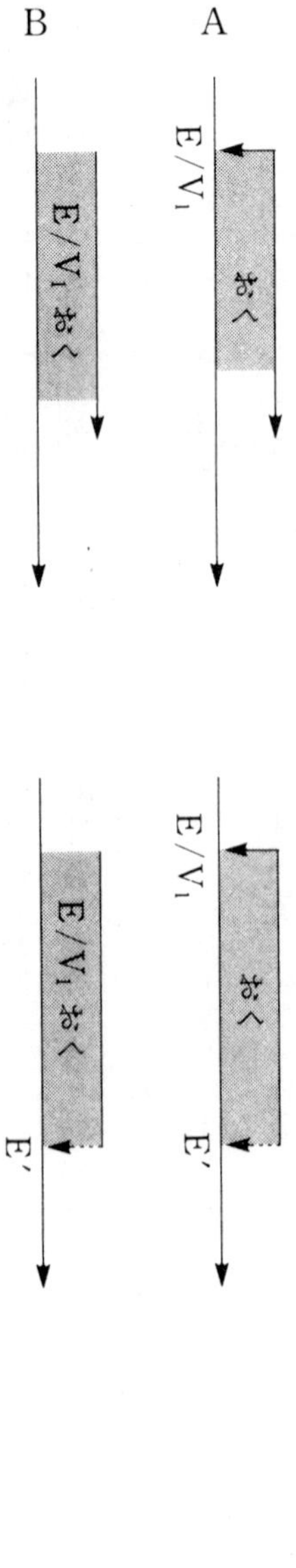


A、B両用法とも、作りだした状態、現在すでにある状態に意義がある。その状態の持続期間は問題とならない。また、新しい事態E′の実現を予期している場合、動作$V_1$はその準備とみなされる。

## 練習問題〔三〕

一 文中の適当な動詞に「おく」を加えなさい。

1 日が当たるように、花を外に出しましょう。

2 こうやって並《なら》べれば、お客さんが見やすいでしょう。

3 紙が飛ばないように、重しを乗せればいい。

4　肉や魚は、早く冷蔵庫に入れた方がいいですよ。
5　そのポスターは、ここにピンで止めれば目に付くでしょう。
6　今、このお金で株を買ったらもうかるんだが。
7　これは、また来年のお正月に使うから、戸棚《とだな》に仕舞《しま》いましょう。
8　銀行に預けたらお金がだいぶ溜《た》まったので、今海外旅行を計画している。
9　おじさまが下さるとおっしゃるんだから、ありがたくいただきなさい。
10　猫《ねこ》に取られないようにするには、これをどこに置けばいいかな。
11　洋服は、畳《たた》むと折り目が付くから、ハンガーで掛《か》ける方がいい。
12　この柿《かき》はね、一月《ひとつき》ぐらい涼《すず》しい所につるすとおいしくなるんです。

二　次の「おく」を含《ふく》む文には、どんな目的意識があるか述べなさい。

**【例】**　新聞を見たら、ちゃんと畳《たた》んでおきなさい。（色々な答えが可能）
**【答】**　外の人が、後で気持ち良く見られるように。

1　列車の時間を調べておきましょう。
2　タクシーを待たせておいてください。
3　本を読んだ後で、感想をまとめて書いておきます。
4　船に乗る前に船酔《ふなよ》いの薬を飲んでおくんです。
5　今日は、しっかり食べておいた方がいいわよ。
6　子供達をもう少し寝《ね》かせておきましょう。

7 若いうちに色々やっておきなさい。
8 今朝はトースト一まいだけにしておきます。
9 早くホテルを予約しておかなければ。
10 これは素晴らしい演奏だ。テープに取っておこう。
11 選挙のポスターは、この辺にはっておいたらいいんじゃない？
12 もうそろそろ朝顔の種をまいておきましょう。

三 次のような目的意識がある場合、前もってどんな行為《こうい》をするか（　　）の内に述べなさい。

【例】 旅行に出掛《か》ける時、まごつかないように、（前からちゃんと用意しておきます。）

1 あしたは歴史の試験があるので、（　　）
2 皆《みな》が間違《まちが》いなく駅で会えるように、（　　）
3 庭に野鳥がたくさん来てくれるように、（　　）
4 私が欲しいその本は、イギリスで出版されたものなので、（　　）
5 押し売りや変な人が入って来ないように、（　　）
6 人の傘《かさ》と間違えるといけないから、（　　）
7 コンサートで、いい席が取りたいから、（　　）
8 冬の真っ最中、お客さまが寒くないように、（　　）
9 うちの犬は気が強いから、郵便屋さんが困らないように、（　　）
10 年寄りになってから生活が楽しめるように、（　　）

11　帰りが遅《おそ》くなる時は、家族が心配しないように、（　　　　　）

12　水泳など、きつい運動をする時は、まず始める前に、（　　　　　）

四　文中の「〜ておく」構文は、a　そのままの状態にあることをよしとするのか、b　将来起こるべき事態に備えているのか、記号a、bを使って答えなさい。

【例】　「戸は閉めないでいいんですか」「ええ、何も取って行く物はないから、開けておいていいんです」

【答】　a

1　これはあなたの為《ため》を思って言っておくんです。

2　部屋を空けておいても無駄《むだ》だから、貸そうと思っているんです。

3　目を覚ますとうるさいから、その子をそっとしておいて下さい。

4　あの子は、放っておくと、暗くなるまで外で遊んでいるんです。

5　学生に試験をやらせておいて、先生は新聞を見ている。

6　彼《かれ》は、承知しておきながら、約束《やくそく》を破ったんですか。

7　自分の持ち物には、ちゃんと名前を書いておきなさい。

8　あんな大事な事を、あの人一人に任せておいて大丈夫《だいじょうぶ》なんですか。

9　今金利が高いから、郵便局に預けておくと、利子が付くよ。

10　僕《ぼく》は、前から色々決めておかないで、気ままに歩くのが好きです。

11　その問題は、そのままにしておくのは良くないと思うよ。

12 スピーチの途《と》中《ちゅう》でつかえたら恥《は》ずかしいから、繰《く》り返《かえ》して練習して覚えておこう。

この複合動詞と、近い意味関係にある「〜てある」構文とを比べてみよう。

a 食事を／がもう用意してあります。

b 食事をもう用意しておきました。

「〜てある」構文は、行為《こうい》の結果が存在していることを表しているのに対して、「〜ておく」構文は、動作主の意志的な行為であることを表しているという違《ちが》いがある。「食事を用意しておきます」は、将来に向けての行為であるから、「〜ている」とは対応しない。

## 〔四〕［動詞テ型＋みる／みせる］

### (1) ［動詞テ型＋みる］

この動詞「みる」の基本義「眼《め》の力によって物の存在や相違《そうい》を知る、見て判断、経験する、観察、吟味《ぎんみ》する」は、補助動詞「みる」にも生きている。この形には、二つの用法がある。

#### A ［Nが$V_1$テ型＋$V_2$（みる）］

N（動作の主体）が意識的にある動作$V_1$をした後で、具体的に目で見ることを表す。両動詞とも意志性の動詞である。$V_1$は位置の移動を表す動詞が多い (to do something and then give a look)。

(1) 宿に戻《もど》って見ると、ちょうど団体客がバスを降《お》りてくるところだった。

(2) 変な音がするので、下に下《お》りて見たら、たぬきなんだ。びっくりしたね。

(3) 「かわいいもんだね」そう言いながら、彼はひよこの箱《はこ》をのぞきこんで見ていた。

(4)　私が呼んだのに、なんで振《ふ》り返《かえ》って見なかったの？

## B

### (1)　［Nが$V_1$テ型＋$V_2$（みる）］

N（動作の主体）が、ある意識的動作$V_1$をしてから、それについて、知覚・感覚を通して判断することを表す（to see what comes of doing something; to see what it is like to do something; to make an attempt to do something）。

(1)　彼女は、こたつに手を入れてみて、「寒い！」と、あわてて引っ込めた。

(2)　私は、話しながら、それとなく探りを入れてみた。

(3)　洋服を脱《ぬ》いでゆかた一枚になって、座敷《ざしき》の真ん中へ大の字に寝《ね》てみた。いい心持ちである。（『坊っちゃん』）

(4)　住田《すみた》という所へ行って団子《だんご》を食《く》った。大変うまいという評判だから、……ちょっと食ってみた。（『坊っちゃん』）

この用法には、'to try, try doing' が対応する。しかし 'to try and do, try to do' など、「〜しようと努力する」意味の時は、この複合動詞とは対応しない。

I tried to write with my left hand.（左手で書こうとした）

I tried writing with my left hand.（左手で書いてみた）

If the oranges are sour, try putting sugar on them.（みかんが酸っぱかったら、砂糖をかけてごらんなさい）

It won't be any use your trying to borrow any more money.（もっとお金を借りようとしても無駄《むだ》でしょう）

(2)　無意志性の動詞や自然現象を表す動詞は、この複合動詞の$V_1$には使われないが、「〜と」、「〜たら」、「〜ば」の直前に用いることはできる。

(1)　コンピューターの操作も、分かってみればそれほど難しいものではない。

(2)　正体が知れない時は多少気味が悪かったが、バッタと相場が極まってみたら急に腹が立った。(『坊っちゃん』)

## (2)　[動詞テ型＋みせる]

[$N_1$が$N_2$に$V_1$テ型＋V／$V_2$(みせる)]

この形は、$N_1$がある行為$V_1$を実現して$N_2$に見せることを表す。見せる目的は、相手$N_2$のためと、自己$N_1$のためとがある。この「見せる」は、ただ目で見せるだけでなく、相手が判断し、認識するようしむけることを意味する。

(1)　すてきな花嫁衣装《はなよめいしょう》だね。さ、立って見せてごらん。

(2)　「ほら、こんないいお天気」そう言いながら姉は障子をあけて見せた。

(3)　一度先生がやって見せるから、よく見ていなさい。

(4)　今度こそ必ず頂上を極めてみせます。みていて下さい。

右の例文中、(1)(2)(3)は、娘《むすめ》が父親のために、姉が弟のために、先生が生徒のために、する行為《こうい》。(4)は、自分の力、能力などを誇示《こじ》するため、つまり自分のためにする行為であることを示す。また(2)で、「……障子をあけてみた」と言えば、姉が自分で自分のために確かめる行為をする意味となる。

関連する形に、「～てみえる」、「～てきこえる」、「～てきかす」もあるので、例を挙げておこう。

(1)　この服を着ると、体が引き締《し》まって見えるでしょう。
(2)　今日は、富士が少し煙《けむ》って見えますね。
(3)　同じ事でも、あの人が言うと、間違《まちが》って聞こえるんですよね。
(4)　おばあちゃんが、よく昔話をして聞かせてくれました。
(5)　私は、丁寧《ていねい》に例を挙げて皆《みな》に説明して聞かせた。

## 練習問題〔四〕

一　傍線部《ぼうせんぶ》の動詞に「みる」を加えなさい。

【例】いい車でしょう。乗ってください。
【答】乗ってみてください

1　先生は時計を出して、「おや、もう時間か」とつぶやいた。
2　手紙の裏を返したら、昔《むかし》の学生からの便りだった。
3　封《ふう》をあけると、写真が一枚入っていた。
4　トンネルを通り抜《ぬ》けると、まぶしい夏の海が目に飛び込んできた。
5　部屋へ戻《もど》ったら、いらっしゃらないでしょう。どこへいらしたのかと思いました。
6　船べりから海の中をのぞいた。見える。見える。魚が群れをなして泳ぎまわっている。
7　呼び止める声がするので、振《ふ》り返《かえ》った。
8　この新しい靴《くつ》をはいたら、足の指が痛いんです。

9 この荷物は何キログらいあるでしょう。ちょっと持ってください。
10 いい生地《きじ》でしょう。ちょっと触《さわ》ってください。
11 私が発音しますから、先生、悪いところを直してください。
12 うちで作った果実酒《かじつしゅ》なんです。試しに飲んでください。

二 文中の適当な動詞に「みる」を加えなさい。

【例】 できたら、大統領に会いたい。
【答】 会ってみたい

1 この辺《あた》りも住むと、なかなかいい所ですね。
2 店の中を見た。棚《たな》に時代物の道具がいろいろ並《なら》べてあった。
3 富士山に登ったんですが、霧《きり》が深くて何も見えませんでした。
4 病気になって、いっそう健康のありがたさが分かりました。
5 このスーツを着たら？ きっと似合《にあ》うと思うよ。
6 こうして東京へ出てくると、田舎《いなか》はよかったと思う。
7 お前のボーイフレンドにお父さんが一度会おう。
8 有名な評論家の講演があったので、出席した。
9 立派な体格をしている。そこで、柔道《じゅうどう》でもやるか聞いた。
10 米ソの首脳が話し合っても、なかなか問題は解決できません。
11 実際に日本の会社で働くと、いろいろ複雑な問題があります。

12　メンバーの頭数を数えると、一人足りない。と思ったら、自分を入れるのを忘れていたのだ。

三　文中の適当な動詞に「みせる」を加えなさい。そしてａ　相手のための行為《こうい》か、ｂ　自分の力を強調したいのか、を述べなさい。

【例】あの店では、いつも菓子《かし》の作りかたを実演している。

【答】実演して見せている　ａ

1　ひらがなの「あ」はこう書くんだ、と、大きく黒板に書いた。
2　彼《かれ》は、講師の似顔絵《にがおえ》をかいたノートを私の方へ出した。
3　仲間にそそのかされて、彼は吸《す》えもしないタバコを吸った。
4　犯人がどこへ隠《かく》れようと、必ず探し出します。見ていてください。
5　彼女《かのじょ》は僕《ぼく》を心配させまいとして、にっこり笑った。
6　今日はきっと大きな魚を釣《つ》るぞ。楽しみにしていなさい。
7　唇《くちびる》の形をよく見ていなさい。そう言って、二度、三度発音した。
8　「この問題が分かるかな。難しいぞ」「絶対に解くよ」
9　春子さんがきれいな紙で鶴《つる》を折ってくれました。
10　これが新しいユニホームかい。着てくれないか。おじいちゃんが見てみたいんだよ。
11　彼は、あれが国立《こくりつ》劇場だと、左手の建物を指さした。
12　どうだ、すごいだろう、と言いながら、太い腕《うで》をまくった。

四　次の英文を、「〜てみる」の形を使って和訳しなさい。使うべきでないものは除く。

1 Let's have a try at it.
2 Try and see what will come out of it.
3 She always tries to finish her housework before noon.
4 Try a ride on this monocycle.
5 Anyway, go and look at it.
6 I woke to find the ground silvery white with snow.
7 Try to get your assignments in on time.
8 If you'll give me time, I'll try and explain the circumstances.

## 〔五〕 〔動詞テ型＋しまう〕

「しまう」の基本的意味は、「物事にすっかりかたをつける／かたがつく」である。

「しまう」は、複合動詞の補助動詞として働き、「物事にケリをつける／がつく」、「一つの過程の区切りをつける／がつく」という意味を表す。くだけた日常会話では、「～ちまう」「～ちゃう」、「～じまう」「～じゃう」の形でよく使われる。

この複合動詞〔$V_1$＋$v_2$（しまう）〕全体は、瞬間性《しゅんかんせい》の動詞の働きをする。その用法には、次のA、Bのような違《ちが》いがある。

**A** 「$V_1$の動作・状態そのものが終結する」ことを表す（to get through doing something; to have done all of something）。$V_1$は、普通《ふつう》、継続性《けいぞくせい》の動詞で、継続や量を示す副詞がそえられる。しかし、この用法はあまり多くない。

(1)「健ちゃん、宿題は？」「もう全部やっちゃったよ」
(2) 絵をかいてしまった人は、先生のところに持っていらっしゃい。
(3) あの人がなかなか来ないので、一時間も待ってしまいました。
(4) きのうは、疲《つか》れていたんですね。十二時間も寝《ね》てしまいました。

Aの用法の場合、［$V_1$原型＋おわる］の形で言い換《か》えられるものがある。しかし［〜おわる］は、「初めから終わりまで」という一過程の客観的終結を意味するが、一方［〜してしまう］は、心理的終結感を表す。当事者にとってその終わりが好ましい事なら「ほっと安堵《あんど》する」、また終わり方が好ましくない場合には、もう終わる以前の状態に戻《もど》ることができないということから、「後悔《こうかい》・不満・意外な結末に対するとまどい」の気持ちを表す。(1)(2)は好ましい気持ち、(3)(4)は好ましくない気持ちを暗示している例。この複合動詞がどちらかと言うとネガティブな心理状態を表現する場合が多いことは、A、B両用法に共通の傾向《けいこう》である。

**B**

「$V_1$の動作・状態が出現することで、一つの過程に区切りがつくこと」を表す（to do something and have done with it（x））。

a　当事者の方から積極的に取り組んで、ある問題xにケリをつける意。$V_1$は、意志性の動詞が用いられる。

(1) これは、手《て》遅《おく》れにならないうちに切ってしまいましょう。
(2) 古新聞がたまっているね。捨ててしまおうか。
(3) あの車は、故障ばかりしているので、売ってしまいました。
(4) 思い切って入ってしまいなさい。水はそんなに冷たくないよ。

「切る」「捨てる」「売る」「入る」という行為《こうい》（$V_1$）自体が終わったことではなく、(1)では、「切る」という行為によって病気の進行（x）に終止符《しゅうしふ》を打つことを、(3)では、ポンコツ車を売り払った事で、不愉快《ふゆかい》な問題が解消されることを、(4)は、思い切ってプールに入ることによって、躊躇《ちゅうちょ》する気持ちにケリがつくことを意味している。

b　$V_1$の動作・作用により、xの状態・過程が終結することを表す。その終結は当事者にとって意図しない、歓迎《かんげい》しないものであることを表す場合が多い。$V_1$は、無意志性の動作・状態の動詞が普通《ふつう》である。

(1) きれいな女の子が座っていたので、ウインクしたら、にらみつけられてしまった。

(2) 「その足、どうしたんですか」「スキーに行ったんですがね、行ったその日に転んで、折ってしまったんです」

(3) きれいな鳥がいたので写真をとろうと思って、カメラを取りに行っているうちに、いなくなってしまった。

(4) しっ！　静かに！　赤ちゃんが目を覚ましてしまいます。

(1)は［私の女の子に誘《さそ》いをかけようとする気持ち・振《ふ》る舞《ま》いx］が［にらみつけられること$V_1$］によって終止符《しゅうしふ》が打たれた、という意味。(2)は［スキーを覚えるという楽しい期待感x］が［足を折るという事故$V_1$］で不本意な終末を迎《むか》えた、という意味を表す。

ただし「後悔《こうかい》・とまどいの気持ち」を感じる主体は、必ずしも$V_1$の主語とは限らず、情《じょう》況《きょう》によって違《ちが》う。例えば、次の文についてa、bの解釈の違いを比べて見よう。

「先生が、その現場を見てしまった」

a　学生の不都合《ふつごう》な行為《こうい》の現場を先生が見て、見られた学生が困った事態に追い込まれること。

b　先生が犯罪の行われている現場を見たことによって、犯人にねらわれるという、先生自身が困った事態に巻き込まれること。



## 練習問題〔五〕

一　次の質問に（　　）内の動詞を用いて「～てしまう」を使って答えなさい。

1　「きのう買ったプラモデルは？」「もう（作る）」
2　「漫画《まんが》の本がほしいな」「たくさん持っているじゃないの」「もう（読む）」
3　「あの炭鉱《たんこう》では、もう石炭は出ないんですか」「全部（掘《ほ》る）」
4　「あの記念切手は一枚もないんですか」「もう全部（売れる）」
5　「まだ銀行からお金を借りているんですか」「もうみんな（返す）」
6　「きのう買って来たケーキはどこですか」「全部（食べる）」
7　「皿《さら》を洗うのを手伝いましょうか」「もう（洗う）」
8　「あの火事はどうなったんですか」「あの店、すっかり（燃える）」
9　「あしたのスピーチの準備はできましたか」「完全に（覚える）」
10　「作文はもう終わりましたか」「もう少しです。もう少しで（書く）」

二　傍線部《ぼうせんぶ》の動詞を「～てしまう」の形に直しなさい。

1 ご飯を残さないで、全部食べなさい。
2 「旅行の準備は？」「もう済ませましたよ」
3 「ママ、遊ぼうよ」「洗濯《せんたく》をしてからね」
4 これくらいの本なら、一日で読めます。
5 この仕事は、あしたまでにやらなければ。
6 遅《おそ》かったですね。もう皆《みな》食事が済みましたよ。
7 屋根を塗《ぬ》ったら、残ったペンキでこのフェンスもお願いします。
8 この機械を使えば、洗濯物《せんたくもの》が十分で気持ち良くかわきます。
9 授業を休んでいるうちに、ずいぶん進みました。早く追い付かなければ。
10 井田さんがゆうかいされて、何の手掛《てが》かりも無いまま、一か月たちました。
11 疲《つか》れていたんですね。今日は昼過ぎまで十二時間も寝《ね》ました。
12 「おや、元気そうですね。かぜは？」「もう治りました」

三 （　）内の英語の動詞を「～てしまう」の形に直しなさい。

1 うっかり落として、卵を全部（break）ました。
2 早く行かないと、いい品がみんな（be sold out）ますよ。
3 お客さんは、もう（go back）たんですか。それは残念！
4 あの二人、とうとう（divorce）たそうですね。本当でしょうか。
5 「かぜはどうですか」「もう、おかげさまですっかり（be cured）ました」
6 「何か手伝いましょうか」「ありがとう。でも、もう（be done）ました」

7　あまり大きな声で話さないで下さい。子供が（awake）ます。
8　「あの人は元気で働いていますか」「あの人は、（be fired）ました」
9　見て下さい。ずいぶんまよっていたんですが、とうとう（buy）ました。
10　「ただいま」「遅《おそ》かったですね」「京子は？」「もう（go to bed）ました」
11　時計が（stop）ましたね。電池が切れたんでしょう。
12　我慢《がまん》していたんですけど、あんまりおかしいんで、つい（burst into laughter）ました。ごめんなさい。
13　洗濯物《せんたくもの》がせっかく乾《かわ》いたのに、この雨で（get wet）ますね。
14　早く行きましょう。バスが（leave）ますよ。
15　少し休んだ方がいい。あまり勉強しすぎると（get sick）ますよ。

四　次の文の「しまう」は、A用法かB用法か、記号A、Bで答えなさい。

1　席順はいつでも下から勘定《かんじょう》する方が便利であった。しかし不思議なもので、三年立ったらとうとう卒業してしまった。（『坊っちゃん』）
2　くたびれたから、あしたの準備をして、すぐ寝《ね》てしまった。
3　それだけ書いてしまうと、もう何もほかに書く事はなかった。
4　すっかり暗くなっちゃったね。もう帰ろう。
5　さすがお相撲《すもう》さんだ。カレーライスを三皿《みさら》ぺろっと食べてしまった。
6　しくじると、その時だけはいやな心持ちだが、しばらくたつと、きれいさっぱり忘れてしまう。
7　息子は、もらって来る給料を全部使ってしまうんですよ。

8 せっかく楽しみにしていたのに、とうとう雨が降り出してしまった。
9 ちっとも釣《つ》れないので、おれはあきらめて糸を巻いてしまった。
10 ちょっと待っていてね。もう二、三ページで読んじゃうから。

## 〔六〕 授受動詞

### (1) 「動詞テ型＋くれる／くださる」

この二つの動詞の基本的意味は「他の人が、話し手、または話し手側の者に、物を恩恵《おんけい》として渡《わた》し与《あた》えるという動作を、与え手の側から話し手に向かって行う」である。「くださる」は、話し手が与え手を目上と見て敬《うやま》っていう敬語。

恩恵として与えるものが物品でなくて、行為《こうい》である場合は、「Vテ型＋v（くれる／くださる）」という複合動詞が用いられ、その構文の表す意味は、「事物が、ソトから話し手の領域に移る。それによって受け手である話し手側が利益を受ける、また、それを好感をもって受けとる」（(One) takes the trouble to do something for (the speaker);(One) is kind enough to do something for (the speaker)）である。

(1) 社長は、じゃ、あしたから早速《さっそく》仕事を始めてくれと言った。
(2) 下宿のおばさんが親切な人で、僕《ぼく》のアルバイトを世話してくれた。
(3) いい所へ来た。退屈《たいくつ》で困っていたところなんだ。何か面白い話があったら聞かせてくれないか。
(4) 悪いけど、もう帰って下さらない？ 私、出掛《でか》けたいのよ。

(1)　恩恵《おんけい》として与《あた》える行為《こうい》は、ソト側の与え手の自発的行為である場合が普通《ふつう》である。恩恵の受け手が話し手自身であれば、特に明記する場合をのぞいて表層文に表れることはない。その他の文法的特徴《とくちょう》は授与《じゅよ》動詞が付加されても変わらない。

社長が私達の結婚式に来た。↓ 社長が私達の結婚式に来てくださった。

お医者さんが（私の）息子を診《み》た。↓ お医者さんが息子を診《み》てくれた。

(2)　この構文では、意志を発揮できない無生物も与《あた》え手の立場に立つことができる。この用法は、書き言葉によく見られる。

肝臓《かんぞう》は、体にとって異物のアルコールを分解して、害のないものにしてくれる。

シャンプー前のブラッシングは、大きな汚れや横《よこ》フケを取り除いてくれます。

## 練習問題〔六の(1)〕

傍線《ぼうせん》部《ぶ》の動詞に「くれる」、「くださる」を加えなさい。

1　店の人に頼《たの》んだら、やるでしょう。

2　先生は私を覚えていましたか。嬉《うれ》しいです。

3　会長は、忙《いそが》しいと言って私に会いませんでした。

4　うちの犬を捜《さが》した方にはお礼を差し上げます。

5　買い物をしたいんだけど、君、いっしょに来ますか。

6　夏暑い時は、この木が強い日差しをさえぎるんで助かります。

7　君が早く良くならないと困るよ。

8 親切な八百屋《やおや》のおばさんが道を教えました。
9 部長は、すぐまいります。ちょっと待ちませんか。
10 早く雨が降らないと、野菜が枯《か》れてしまいます。
11 学生達がよく勉強するので、とても嬉《うれ》しいです。
12 私が病気の時は、主人が食事の用意をするんです。

## (2) [動詞テ型＋やる／あげる]

「やる」も「あげる」も本動詞として多くの用法をもつ動詞だが、その重要な働きの一つは、授《じゅ》与《よ》を表す複合動詞を構成することである。その意味は、「話し手（ウチ側の者）が他の人に対して、その人のためにある行為《こうい》を行う」（(The speaker) does something for someone else.）である。「あげる」は丁寧《ていねい》な表現。

(1) そのくらいの頼みなら軽いもんだ。聞いてやってもいいよ。
(2) 今日は家に帰ったら妹たちに手紙を書いてやろうと思った。
(3) 泣かなくてもいいよ。おじさんが送って行ってあげよう。
(4) この子猫《こねこ》今日からうちの家族よ。かわいがってやってね。

(1) 文中の他の文法的特徴《とくちょう》は、授与《じゅよ》動詞が付加されても変わらない。
彼に優しくしなければだめよ。↓ 彼に優しくしてあげなければだめよ。
（私が）犬を散歩に連れて行った。↓ 犬を散歩に連れて行ってやった。

(2) 話し手がどちらの側をウチと見るかによって、授与動詞の選びかたに違《ちが》いが出てくる。

おじいちゃんは、よく孫を連れて歩いては色々物を買って　a　やる。　b　くれる。

aでは、話し手の立場はおじいちゃんの側にあるが、bでは、話し手と子供（おじいちゃんから見て孫）は、同じウチの構成員であるが、おじいちゃんは、家族（ウチ）の外の人と見ている。

(3)　この行為《こうい》はウチ側からソトに向けて行われる行為であるから、話し手はこの複合動詞で表される行為が向けられる対象にはなりえない。

例えば、My mother bought me a watch. は、与え手である母が話し手である私に対して行う行為であるから、「やる」ではなく、「くれる」と言うのが正しい。

母が私に時計を買ってくれた。　＊母が私に時計を買ってやった。

(4)　ある行為を他の人のために行う時、「恩恵《おんけい》として与《あた》える」という意味をもつ補助動詞「あげる」が付加されると、「相手に対して好意をはっきり示す」という有利な意味合いを表すと思われるかもしれないが、実際は、反対に「相手に対する好意の強要」と取られて、相手に不快感を与えてしまう。（(I) will do (you) the FAVOR of doing (something).）したがって、子供や病人、老人、また気心の知れたウチ側の人をのぞいて、他人に対してこの複合動詞を使うのは避《さ》けた方が安全である。

＊席を代わって上げましょう。→ 席を代わりましょう。

＊あした私が電話して上げます。→ あした私が電話します。

(5)　この複合動詞には、表面的に「恩恵《おんけい》を与《あた》える」という形を取りながら、実は、反語的に反対の「害を与える」という意味を表す使い方もある。

「あいつ、少し痛い目にあわせてやろう」「そうだ。なぐってやる」

お前がどこへ逃《に》げても、必ず捜《さが》し出して刑務所《けいむしょ》に送ってやる。

宿で粗末《そまつ》に扱《あつか》われるのは、しゃくだ。チップをたくさんやって驚《おどろ》かしてやろう。

(6) また、生物以外のものを対象とすることも可能である。この場合は、動作主のその対象に対する愛着の気持ちを表すと言える。
このなべはだいぶ汚《よご》れてきたね。すこしきれいにしてやろう。

車を動かす前に充分《じゅうぶん》にアイドリングしてやってください。

## 練習問題〔六〕の(2)

傍線部《ぼうせんぶ》の動詞に「やる」、「あげる」を加えなさい。

1 今から町まで行きますから、僕《ぼく》が買って来ますよ。
2 今日は気分はどうですか。りんごでもむきましょうか。
3 雨が降って来たね。駅まで車で送るよ。
4 京《みやこ》ちゃん、一人？ いっしょに遊ぼうか。
5 きのうは、休みだったので、子供を動物園に連れて行きました。
6 ご主人の事をもっと理解しなければだめじゃない。
7 ちょっと分かりにくいですから、簡単な地図を書きましょう。
8 お父さん、ひまだったら、犬を散歩に連れて行って下さい。

9　この犬はきっと宿無しだよ。うちで飼《か》ったらどうかな、おかあさん。
10　ここで待っているから、早くトイレに行ってらっしゃい。
11　入学祝いに何を買おうか。何がいいか言ってごらん。
12　京子《きょうこ》ちゃん、暇《ひま》だったら、カナリヤのかごを掃除《そうじ》してくれない？

## (3)　［動詞テ型＋もらう／いただく］

この二つの動詞は、基本的に「物品や恩恵《おんけい》、許しなどを与《あた》えられたり、頼《たの》んだりして自分のものとする」という意味を表す。「いただく」は対象となる人物に対する敬意を表す語。

複合動詞［Vテ型＋v（もらう／いただく）］の用法は次の二つである。

a　他人の好意で、また自分から頼んで行われた他人の行為を、自分が好意をもって受け取る、自分の利益として受け取る。

b　自分の好意により、また他人の頼みで自分が行った行為《こうい》が、他人に利益をもたらす。

((The speaker) gets someone to do something to/for (himself).)

(1)　君にも早く仕事の事をのみこんでもらわなければならない。
(2)　知人に口をきいてもらって、その有力者を訪《たず》ねて行った。
(3)　今度の千メートル競走には、ぜひ君に出てもらいたいのだ。
(4)　あの女優を知っているから、サインをしてもらってあげようか。

(1)　同じ授受動詞であるが、「もらう」が「くれる」や「やる」と異なる点は、深層構造から表層構造に変形される時、恩恵《おんけい》の与《あた》え手と受け手を指す助詞がかわる事である。

| | |
|---|---|
| 医者がすぐ来る。 | 医者にすぐ来てもらう。 |
| 父が弟に学資を出した。 | 父に弟が学資を出してもらった。 |

「弟に」の「に」と、「父に」の「に」は、働きが同じではない。前者の「弟」は受け手で、「に」は到達点《とうたつてん》を指す。cf. Xに貸す。人に言う。

一方後者の「父」は与え手で、「に」は出所を指す。cf. Yに借りる。人に聞く。

(2) これは、恩恵を受ける側から頼《たの》んで、人にある行為《こうい》をしてもらうことを表す構文であるから、依頼《いらい》することが不可能な場合、この形は使えない。

＊雨に降《ふ》るように頼む →＊雨に降ってもらう。

(3) この複合動詞［〜てもらう］は、受動態と密接な関係をもっている。受益者の依頼によって利益を得ることを表すには［〜てもらう］が使われ、被害《ひがい》を受けることを表すには受動態が使われる場合が多いと言える。

［父が来る］

a 父に来てもらう。（利益）

b 父に来られる。（被害）

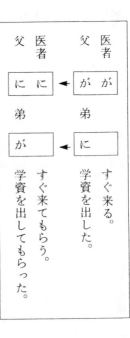

この三種類の授受複合動詞を図で示して見よう。

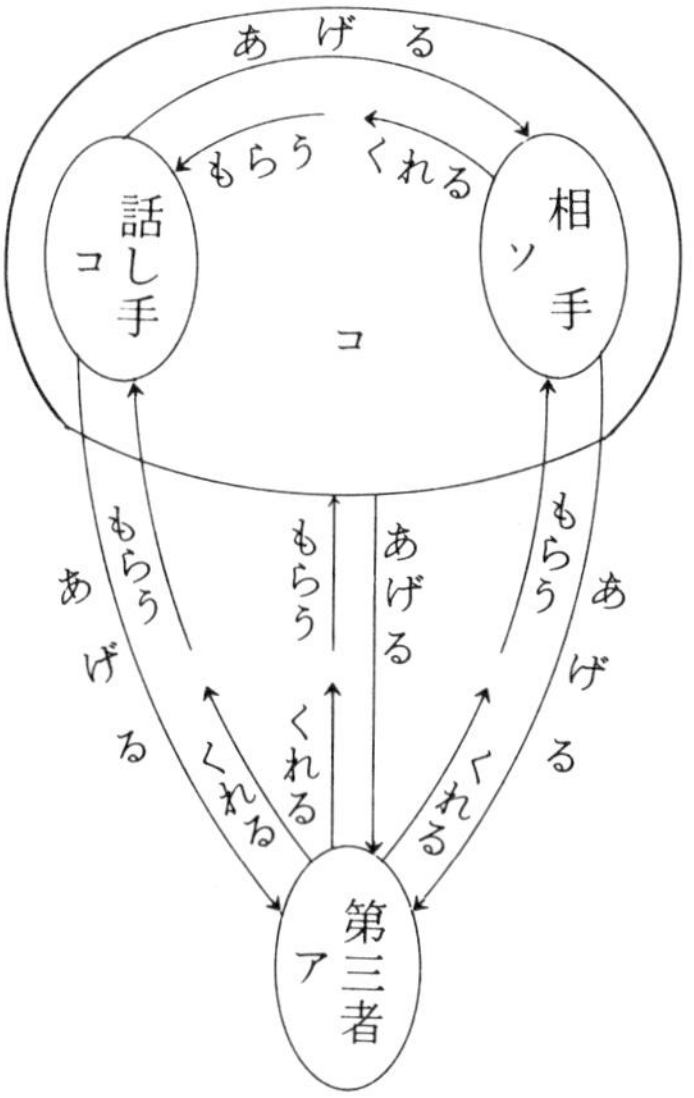


**練習問題〔六の(3)〕**

一　次の文を、与え手の視点から受け手の視点にかえ、「～してもらう／いただく」を使った表現に直しなさい。

1　いつもお兄さんが英語を教えてくれます。
2　友達が私達のためにいい家を捜《さが》してくれました。
3　となりの奥《おく》さんが時々子供を預かってくれます。
4　彼《かれ》は、奥さんが編んでくれたマフラーをいつも身に着けている。

5 うるさいセールスマンがやっと帰ってくれた。
6 店の人がいつも注文した品物を届けてくれます。
7 有名な先生が私の書いた小説を見て下さいました。
8 お客さまがちょっと待って下さる訳《わけ》にはいきませんか。
9 友達が私のかかえている問題を聞いてくれました。
10 こういうお店は、お客さまが来て下さらなくては食べていかれないんですよ。
11 私が病気の時は、主人が食事の用意をしてくれるんです。
12 この商売の成功のひけつは、お客さまがどれだけ満足して下さるかです。

二 次の質問に「～してもらう／いただく」を使って答えなさい。

【例】 (1) おばあさんにご飯を作って上げるんですか。
(2) おばあさんがご飯を作ってくれるんですか。

【答】 (1) いいえ、おばあさんにご飯を作ってもらうんです。
(2) ええ、おばあさんにご飯を作ってもらうのです。

1 友達にアパートを捜《さが》して上げたのですか。
2 友達がアパートを捜してくれたのですか。
3 大家《おおや》さんに写真のアルバムを見せて上げたのですか。
4 太田先生が推薦状《すいせんじょう》を書いて下さったのですか。
5 日本人の友達に勉強を手伝って上げているそうですね。

6　子供さんにパソコンのやり方を教えて上げたんでしょう。
7　毎日奥《おく》さんを車で送って行って上げるんですか。
8　山本先生が診《み》て下さるのなら心配ないですね。
9　航空会社で、ビザも航空券も用意してくれるんでしょう。
10　今日は、おじいちゃん。犬を散歩させてやっているんですか。

三　次の文に適当な授受複合動詞を入れなさい。

1　このカナリヤは、とてもいい声で鳴いて（　　　）んですよ。
2　来週のパーティーに太田さんも呼んで（　　　）ましょう。
3　君のこの作文は、だれかに見て（　　　）たのですか。
4　小さい子には優しく説明して（　　　）なくてはだめよ。
5　壊《こわ》れたのかい？　かしてごらん。お父さんが直して（　　　）よ。
6　君が心を込めて説明したら、相手も分かって（　　　）と思いますよ。
7　感激《かんげき》しました。社長が僕《ぼく》の結婚式に来て（　　　）たんです。
8　お父さんに僕《ぼく》のガールフレンドと会って（　　　）たいんだ。
9　また来週もぜひ皆《みな》さんにこの番組を見て（　　　）たいと思います。
10　久《ひさ》し振《ぶ》りで雨が降って（　　　）たので、農家の人達は喜んでいる。

四　次の文中の不要と思われる人物を外しなさい。

【例】　私は、兄から英語を教えてもらいました。（私は）

1 親切な八百屋《やおや》のおばさんが、私達に道を教えてくれました。（　）
2 僕《ぼく》は買い物をしたいんですが、君、僕《ぼく》といっしょに来てくれませんか。（　）
3 僕は、君に彼女を紹介《しょうかい》してもらいたいんだ。（　）
4 京《みやこ》ちゃん、一人なの？　僕が君と遊んであげようか。（　）
5 あなたは、私をフォード氏に紹介《しょうかい》して下さる訳《わけ》にはいきませんか。（　）
6 あなたのお父さんに、学資を出してもらっているんですか。（　）
7 これは、兄が父に買ってもらった時計なんですが、兄が今度僕にくれたんです。（　）
8 お父さんは、ここでお前を待っていてあげるから、早くトイレに行って来なさい。（　）
9 彼《かれ》の練習の時は、いつもコーチが彼といっしょに走ってくれるんです。（　）
10 君は彼女《かのじょ》にお勘定《かんじょう》を払《はら》ってもらったんですか。反対じゃないですか。（　）

五　次の文中の不要と思う授受動詞を外しなさい。

1 警察官は、私の自転車を捜《さが》してくれました。（　）
2 警察官は、事件に使われた盗難車《とうなんしゃ》を捜してくれました。（　）
3 (客に) さあ、どうぞお座り下さい。暑いでしょう。窓を開けてあげましょう。（　）
4 ピアニストは、プログラムの二番目に、ベートーベンのソナタを演奏してくれた。（　）
5 隣《となり》の犬は、人が通るたびにほえてくれます。（　）
6 看護婦は、時々患者《かんじゃ》の様子を見て回ってあげます。（　）
7 (婦人に) ずいぶん重そうですね。私がそのスーツケースを持ってあげましょう。（　）
8 餌《えさ》を置いておくと、庭にいろいろな野鳥が来てかわいい声で鳴いてくれるんです。（　）

9　中山先生がアメリカにいらっしゃった時、私が通訳してあげました。（　　　　）

10　植物は、汚《よご》れた空気をきれいにしてくれるのです。（　　　）

六　次の文を授受複合動詞を使って和訳しなさい。付加しない方がいいものは除く。

1　She made coffee for all of us.

2　I don't want anyone to know this.

3　I must get my hair cut.

4　Where did you get your cards printed?

5　Show the boy where to put it.

6　[To a lady] Shall I help you carry that box upstairs?

7　Please take these books to your brother.

8　[To a gentleman] I'll make you some coffee.

9　Have they paid you the money?

10　We must choose for Mary a good birthday present.

11　His parents chose for him a sensible but plain-looking wife.

12　Mrs. Ogata showed us her photo-albums.

13　Your wife advised me of that.

14　I saw a doctor about my eyes.

15　John gave the book to his sister Mary.

16　Mary was given the book by her brother John.

17 She cooked her husband some sausages.

18 The gentleman next to me was so kind as to draw a sketch for me.

19 Professor Oda was kind enough to call to the office on my behalf.

20 The nurse sometimes read books to my little brother while he was hospitalized.

# 第三章 [動詞原型＋動詞]

## 一 時間相を中心に

### 〔一〕 [動詞原型＋はじめる／だす]

補助動詞として、「はじめる」は、「ある時を境に、はっきりとその状態になり、その状態や行為《こうい》が続く」ことを、「だす」は、「時間的にある動作、状態が開始、発生する」ことを表す。

### [NP＋$V_1$＋$V_2$（はじめる／だす）]

この複合動詞の性質は$V_1$の特徴《とくちょう》による。$V_1$が意志性の他動詞なら複合動詞全体も意志性の他動詞、無意志性の自動詞なら無意志性の自動詞の働きをする。NPは$V_1$と一致《いっち》する。$V_1$は、動作相の動詞が主で、自動詞・他動詞、意志性・無意志性の別を問わない。

(1) あの人が話しはじめる／だすと長いよね。

(2) 東の空が明けはじめたころ、病人のほほにも赤みが戻《もど》ってきた。

(3) せっかくの花も、春のあらしで散りはじめた／だした。

これらの例文に見られるように、この複合動詞の「はじめる」、「だす」は、互《たが》いに入れ換《か》えがきく場合が多いが、その意味には違《ちが》いがある。「はじめる」は「[始↓続↓終]」という一つの過程の第一段階である」ことを意味する。一方「だす」は、「突然《とつぜん》、予期しない新事態が発生する」という意味を表す。

意志性の動詞でも、「だす」が付加されると、その動作が無意識になされた事という意味合いをおびる。「食べはじめて下さい」とは言えるが、「*食べだして下さい」と言えないことがそれを説明している。また、[始↓終]という過程のはっきりしない感情などを表す動詞、例えば、「笑う」、「あわてる」、「怒《おこ》る」などには、「はじめる」は付きにくい。

$V_1$は、必ずしも単一の動作・状態とは限らない。

「兄はタバコを吸《す》いはじめた/だした」

a 今タバコに火を付けて、吸う動作を始めたこと。(単一の動作)

b 兄がタバコを吸うことを習慣として始めたこと。(繰《く》り返《かえ》しの動作)

「花が咲《さ》きはじめた/だした」

a 一つの花のつぼみが次第に開いていくこと。

b 桜《さくら》のように多数の花が、次々に開いていくこと。

特に文脈による制限がない場合、継続性《けいぞくせい》の動詞は単一の動作・状態の実現、また瞬間性《しゅんかんせい》の動詞は、同一主体、あるいは多数の主体による繰《く》り返しの動作・状態の実現を意味するのが普通《ふつう》である。

## 練習問題〔一〕

一 (　) 内の動詞に「はじめる」を加えなさい。

1　子供たちは、すぐ仲よくなって、いっしょに（遊ぶ）ました。
2　彼女《かのじょ》は、指を折って一つ、二つと（数える）ました。
3　「いただきます」の声といっしょに、皆《みな》いっせいに（食べる）た。
4　彼《かれ》は、皆の後から、こわごわ釣《つ》り橋《ばし》を（渡《わた》る）た。
5　一休みすると、彼はまた絵の続きを（かく）た。
6　あの人がこの店で（働く）てから、三年になります。
7　彼は、大学生のころから、詩を（書く）たのだそうです。
8　私がテキストを（読む）と、まわりでくすくす笑いだす声が聞こえた。
9　幸ちゃんは、もう歯が（生《は》える）たそうですね。
10　花が咲き、うぐいすが（鳴く）と、春も本物だ。

二　（　）内の動詞に「だす」を加えなさい。

1　えっ!?　十二歳からウィスキーを（飲む）たの？　それは早すぎるんじゃないの？
2　彼女は、「さよなら」と言うと、向こうを向いて（歩く）た。
3　「何を（言う）んですか、この子は！」と母親はあきれたような顔をしていた。
4　あたりが静かになると、急に虫の声が耳に（つく）た。
5　彼女、とつぜん（笑う）ちゃって、とまらないんです。
6　彼を（疑《うたが》う）たのは、どういうわけなんですか。
7　今、若者たちの間には、一九五〇年代のファッションが（流行《はや》る）ているそうだ。
8　おや、（降《ふ》る）たのかな。今日は降るって言っていましたか。

9 （心配する）たら、切りがないから、なるべく考えないようにしているんです。
10 あそこの坊っちゃん、（働く）て、親御さんも一安心ね。
11 もっと早く勉強を始めればよかったと、このごろ（思う）ました。
12 おじさんにお土産《みやげ》をもらって、子供は（はしゃぐ）て眠《ねむ》るどころではなかった。

三 （　）内の動詞に「はじめる」か「だす」を加えなさい。過程のはっきりしたものには「はじめる」を使いなさい。

1 かおるちゃん、もう歯が（出る）たようね。
2 中年になって、ちょっと（太る）たような気がするんだ。
3 そろそろ卒業論文を（書く）なければいけないな。
4 ピアノを（習う）たところ、子供が十年も続けるとは思いもしなかった。
5 女の子は、警官の顔を見て、わっと（泣く）て、母親にしがみついた。
6 私は、この大学で（教える）てから、十年になります。
7 宿で寝《ね》ていると、天井《てんじょう》で突然《とつぜん》ねずみが（あばれる）てびっくりした。
8 それを聞いて、彼《かれ》は急に（あわてる）て、落ち着かなくなった。
9 今すぐ行きますから、皆《みな》さん先に（食べる）ていて下さい。
10 この辺は冬が早く、十月になると、もう雪が（降《ふ》る）ます。
11 突然《とつぜん》家が（揺《ゆ》れる）てびっくりした。地震《じしん》は初めての経験だったから、すごく怖《こわ》かった。
12 遊園地に連れて行ってやると言ったら、「嬉《うれ》しいな、嬉しいな」と言って（踊《おど》る）た。

## 〔二〕［動詞原型＋かける／かかる］

「かける」、「かかる」は、本動詞として使用度の高い動詞で、その意味も多岐《たき》にわたっているが、複合動詞の補助動詞として、「ある動作・作用を対象に向けて及《およ》ぼす」「ある動作・作用が対象にかかわる」という意味を表す。

### A ［NP＋$V_1$＋$v_2$（かける／かかる）］

「対象にかかわる」という原義から、「仕事・活動に手をつける／手がつく」、すなわち、a「ある動作・作用が実現しようとする一歩手前である」、b「ある動作・作用が実現し、中途《ちゅうと》まで行われた」という意味を派生する。

a　多くの瞬間性《しゅんかんせい》の動詞$V_1$について、全体は継続性《けいぞくせい》の動詞となり、無意志性の動作・作用であることを表す。「かける」と「かかる」には互換性《ごかんせい》がある。この形は、「～しようとする」や「～しそうになる」で言い換《か》えられる（to be about/ready to do; come near doing）。

(1) 沈《しず》みかけた／かかった船から、乗客たちが次々とボートに乗り移った。
(2) 小鳥が窓から部屋に入りかけた／かかったが、すぐ飛び去った。
(3) 私は、交通事故で死にかけた／かかったんですが、幸いこのように元気になりました。

b　多くの継続性《けいぞくせい》の動詞と結びつき、全体が継続性の動詞となる。意志性の動詞と結びついても、何らかの支障により$V_1$の動作・作用が中止を余儀《よぎ》なくされることを表す。そのため、動作・作用が始まることを表す複合動詞「～はじめる」と意味的に近いが、「読みはじめて下さい」と言えても「*読みかけて下さい」とは言えないところに、両者の違《ちが》いがある。

この用法では、「かける」のみが普通用いられる（to start doing; begin to do）。
(1) 電話のベルが鳴りかけたのだが、すぐ切れてしまった。
(2) ボールペンを使いかけたら、急にインクが出なくなりました。
(3) あの人は仕事をやりかけて、どこへ行ったんだろう。

## 練習問題〔二〕のA

一　傍線部《ぼうせんぶ》を「～かける／かかる」の形にかえなさい。

【例】シャツのボタンが取れそうですね。付けて上げましょう。（～ている）
【答】取れかけています

1 沈《しず》みそうになっている船から、次々に船客たちがボートに乗り移った。
2 ストーブの火が消えようとしていますね。石油が切れたのかしら。
3 私が帰ろうとすると、「ちょっと」と課長が呼び止めた。
4 お砂糖がなくなりそうですね。買っておかなくちゃ。（～ている）
5 来週テストがある事を忘れそうでした。大変、大変。（～ていた）
6 あの会社がつぶれそうだというわさは本当でしょうか。（～ている）
7 桜《さくら》の花が咲《さ》きそうになっていたのに、雪が降ってきた。
8 ベンチに座ろうとした時、「ペンキ塗《ぬ》り立《た》て」の文字が目に入った。
9 一度目が覚めそうになったんですが、また眠《ねむ》ってしまいました。
10 やっと、かぜが治りそうだったのに、また引きなおしたらしい。

11 このページが切れそうだね、直しておいた方がいいね。（〜ている）

12 これはもう壊《こわ》れそうですね、新しいのを買いましょう。（〜ている）

二 （　）内の動詞に「かける」を加えなさい。

1 電話のベルが（鳴る）たんですが、切れてしまいました。

2 私は、本を三ページばかり（読む）と、眠《ねむ》ってしまいました。

3 どうしたんですか。一言《ひとこと》（言う）て、やめてしまって。

4 おばあさんは、ご飯を（食べる）て、ふと立ちあがった。

5 子供は勉強を（やる）たまま、遊びに行ってしまった。

6 家内は、料理を（作る）て、電話で長話をしています。

7 レポートを（書く）たんですが、途中《とちゅう》で止まってしまったんです。

8 バスを見て、（走る）たんですが、行き着く前に発車してしまった。

9 階段を（上る）たが、思いなおしてエレベーターに乗った。

10 そのホームランを見て、席を（立つ）た客がまた座りなおした。

**B** **〔$N_1$が$N_2$に$V_1$＋$V_2$（かける／かかる）〕**

多くの意志性の動詞に付いて、「具体的に、対象に向け作用を及《およ》ぼす」ことを表す。$V_1$は対象に動作・作用を及ぼす手段・方法を表すが、物や言葉などを媒体《ばいたい》として働きかける場合は「かける」、動作主自体が働きかける場合は「かかる」が結びつく。

(1) 私が日本語で話しかけると、日本女性は、びっくりした顔をして私を見上げた。

(2) 彼女《かのじょ》は、彼《かれ》にもたれかかって、彼の話をうっとり聞いていた。

(3) 牛は、闘牛士《とうぎゅうし》めがけて突《つ》きかかってきた。

## 練習問題〔二〕のB

（ ）中の動詞に「かける」「かかる」のどちらかを選んで加えなさい。

1 彼女は、橋のらんかんに（もたれる）と、遠い空を眺《なが》めた。

2 彼は、女の子の頭に手を置いて、にっこり（笑う）た。

3 春の日差しが、縁側《えんがわ》に明るい光を（投げる）ていた。

4 大学生になって、まだ親に（寄る）ているのでは困る。

5 タイガースは、この時とばかりに（攻《せ》める）て、一挙に五点を取った。

6 市長選の候補者《こうほしゃ》が街を行く人々に（呼ぶ）ていた。

7 朝早く（通る）た牛乳配達が、その金を見つけたということです。

8 各国は、米ソの核《かく》軍縮を両国に（働く）た。

9 いっしょに仕事をしようと（誘《さそ》う）と、彼は、喜んで応じてくれた。

10 しまうまがライオンに（飛ぶ）られたが、危ういところで逃《に》げ切った。

11 二メートルに達する津波《つなみ》が、漁村に（襲《おそ》う）てきた。

12 （散る）桜《さくら》の花びらを帽子《ぼうし》に受けて、女は「きっといい事があるわ」とにっこり笑った。

## 〔三〕［動詞原型＋つづける］

後項《こうこう》動詞としての「つづける」も、「物事が切れずにつながる」、「とぎれることのないよう持続させる」という本動詞の基本的な語義を表す。

### 〔NP＋$V_1$＋$v_2$（つづける）〕

この複合動詞は、［始める→続ける→終える］という過程の一環《いっかん》として、時間的な広がりの中で、ある動作・状態が持続することを表す。$V_1$には普通《ふつう》、継続性《けいぞくせい》の動詞——意志性・無意志性の別は問わない——が用いられるが、瞬間性《しゅんかんせい》の動詞も可能。この複合動詞全体は継続性の働きをする。継続とは、単一の動作・状態の継続のみでなく、その繰《く》り返《かえ》し、または、多数の主体による動作の繰り返しを意味する（to do something without a stop; keep/go on doing）。

「つづける」は、本動詞としては他動詞であるが、$V_1$が自動詞の場合には、この構文は自動詞構文となる。

［円《えん》が上がる］＋つづける → 円が［上がりつづける］

自動詞としての「つづく」は、「雨が降《ふ》りつづく」など少数の例外を除いて補助動詞として使われることはない。

(1) くつは、一つの物を履《は》きつづけないで、時々取り替《か》えて休ませた方がいい。

(2) 四十年間働きつづけて来た会社を去るのは、本当に辛《つら》いことです。

(3) これ以上ダムの水が減りつづけると、飲料水の不足が心配になる。

## 練習問題〔三〕

一（　　）内の動詞に「つづける」を加えなさい。

1 重要な電話ですから、先方が出るまで（呼ぶ）て下さい。
2 有望な鉱床が見つかるまで、何年も（掘《ほ》る）ます。
3 この車のために、あと十八か月（払う）なければなりません。
4 人力飛行機が四十キロも（飛ぶ）て、新記録をうちたてた。
5 ずっと（考える）ていたんですが、どうしても分からないんです。
6 私は、五分間も（座る）ていたら、足が痛くなってしまいます。
7 このテレビは、五年間（使う）ているけれども、全然こわれない。
8 コンピューターの画面を、長時間（見る）ていると、色々な障害が出てくるそうだ。
9 こんな小さな村に、何代も（住む）ているんだから、村の人達は皆家族のようなものです。
10 デビューしたのが十二の時ですから、（歌う）て、四十年ですね。

二 文中の適当な動詞に「つづける」を加えなさい。

1 明るい太陽が、子供達の飛び回る砂浜《すなはま》を照らしている。
2 こうしてダムの水が増えれば、いいんですが。
3 この花は次々に咲《さ》きますから、長い間楽しめます。
4 山火事は、もう三昼夜、燃えているのだそうだ。
5 彼《かれ》は木立《こだち》の間に隠《かく》れた。彼はドキドキと打つ鼓動《こどう》の音を聞いた。
6 どんなに辛《つら》くても、あきらめずに、生きなくてはいけない。
7 今関東地方に降っている雨は、あしたの昼ころまで降《ふ》ると思われます。
8 朝から立っていたので、足が棒《ぼう》のようです。

9　白雪姫《しらゆきひめ》は、七人の小人《こびと》たちに見守られて、こんこんと眠《ねむ》った。

10　この調子で世界の人口が増加したら、食糧《しょくりょう》の供給が追い付くだろうか。

## 〔四〕

### ［動詞原型＋おわる／おえる］

この動詞の基本的意味は、「一つの過程が手順を経て、最後まで終了《しゅうりょう》する」である。

#### ［NP＋$V_1$＋$v_2$（おわる／おえる）］

後項《こうこう》動詞として「おわる／おえる」は、主に継続《けいぞく》を表す意志性の他動詞と結びつき、「時の移り行きとともに、ある事柄が終了する」ことを表す。NPは$V_1$と文法的に一致《いっち》する。$V_1$には［始まる→続く→終わる］という過程の観念の明らかでない動詞は使用できない。本動詞として「おわる」は、自動詞であるが、補助動詞としては、他動詞と結びついて、複合動詞全体は他動詞として働くものが多く、他動詞「おえる」の領分をおかしている。しかし、$V_1$が他動詞の場合、「おえる」を加えた方が、意志を明確に表すことができる（to come to an end to ～; finish doing）。

(1)　その本を読みおわったら、貸してくれませんか。

(2)　ミルクを飲みおわると、子犬はごろんと寝《ね》ころがって、寝てしまった。

(3)　このカメラは、撮《と》りおえると、フィルムが自動的に巻き戻《もど》されます。

物事が自然に終わることを表す場合、［動詞原型＋やむ］の構文が使われるが、生産性はあまりない。

（雨や雪が）降《ふ》りやむ、（風が）吹《ふ》きやむ、（音が）鳴りやむ、（虫が）鳴きやむ、（赤ん坊が）

泣きやむ

## 練習問題〔四〕

一　傍線部《ぼうせんぶ》の「終了《しゅうりょう》」を表す語を、（　）内の語句で言い換《か》えなさい。

1　やっと終わったと思ったら、曇《くも》ってしまいました。（洗濯物《せんたくもの》を干す）
2　宿題が終わったら、外へ行ってもいいわよ。（宿題をやる）
3　この家のローンが終わるのは、二十年先だ。（ローンを払《はら》う）
4　その本が終わったら、貸してくれませんか。（その本を読む）
5　車の月賦《げっぷ》が終わった。やっと自分の物になった。（月賦を払う）
6　そこが終わったら、こっちを手伝ってくれ。（そこのペンキを塗《ぬ》る）
7　やっと完成したと思ったら、そでが長すぎるのよ。がっかり。（セーターを編む）
8　一年間にわたった大河ドラマが終わって、今ほっとしているところなんです。（大河ドラマを作る）
9　年度末の会計検査ですから、大変です。全部終わったのは夜でした。（帳簿《ちょうぼ》を見る）
10　私が一杯《いっぱい》のビールを空ける前に、彼は二杯目を飲んでいた。（飲む）
11　大きな仕事を済ませた時の満足感はたとえようがない。（やる）
12　映画が終わってからも、感動のあまりすぐには席を立つことが出来なかった。（映画を見る）

二　（　）内の動詞に「おわる／おえる」か「しまう」を加えなさい。「おわる／おえる」は、動作・作用が客観的に最終段階を迎《むか》えること。「しまう」は、完全に、心理的に終結することを表す。

1　優ちゃん、一年見ないうちにすっかり大きく（なる）ましたね。
2　「風邪《かぜ》は、どうなの？」「もう（治る）ました」
3　あの人はせっかちで、人の話を最後まで（聞く）ないうちに、もう分かったつもりになる。
4　一試合に三ホーマー打ったんだから、皆《みな》（びっくりする）ますよ。
5　娘《むすめ》の長電話には困ったもので、（話す）まで一時間もかかることがある。
6　鳥かごの掃除《そうじ》をしていて、うっかり鳥を（逃《に》がす）ました。
7　おや、スープがすっかり（冷める）ましたね。
8　そのトンネルは、数十年かかって、やっと（掘《ほ》る）たのだそうです。
9　さっきまできれいに晴れていましたが、急に（曇《くも》る）ました。
10　時計が止まっている。電池が（なくなる）たのかな。
11　彼女《かのじょ》が（歌う）と、しばらくあらしのような拍手《はくしゅ》が続いた。
12　昨夜は、遅《おそ》く帰宅したので、夕飯を（食べる）たのは十時過ぎていた。

## 二　空間相を中心に

### 〔一〕［動詞原型＋だす／でる］

この複合動詞は、空間相として「内にあって見えないものが外から見えるようにする、また、そうなる」ことを表す。「内→外」とは、「「内面から表面へ」」、「狭い範囲《はんい》から広い範囲へ」」、「私的場から公的場へ」移動する」ことを意味する。言い換《か》えると、「だす／でる」とは、ウチの領域からソトへ、あるいは、ソトの領域からウチの領域に出現することを表す。

a　［$N_1$を＋$N_2$へ＋$V_1$＋$V_2$（だす）］　継続性《けいぞくせい》の他動詞$V_1$と結びついて、$N_2$で表される空間に$N_1$を移すことを表す。この用法では、他動詞の「だす」のみが用いられる。$N_2$は、必ずしも現出しない（to let out; put out; take out, etc.）。

(1) 図書館で、論文に必要な参考書を探し出した。

(2) 主人と子供達を送り出して、ほっと一息ついた。

(3) 私は、すぐ腰掛《こしか》けの下へ首と手を突《つ》っ込《こ》んで眼鏡《めがね》を拾い出した。（『こころ』）

b　［$N_1$が＋$N_2$へ＋$V_1$＋$V_2$（でる／だす）］　この形は、$N_1$自体が$N_2$で表される場に現れることを表す。$V_1$は、継続性の自動詞で、$N_1$の現れ方を示す。$V_2$は自動詞の「でる」が用いられるが、「だす」も可能。本動詞としては他動詞である「だす」が加えられても、この複合動詞全体は自動詞の働きをする。$N_2$は、必ずしも現出しない（to go/come/get out of～; jump out; blow out, etc.）。

(1) 私の足音を聞きつけて、寝ていた〃白〃が犬小屋から飛び出して／出て来た。

(2) 石につまづいた瞬間《しゅんかん》、本が脇《わき》のしたからおどりだした／でた。

(3) うららかな五月の日差しに誘《さそ》われて、浮《う》かれ出てきた行楽客でどこもにぎわった。

c　［NP＋$V_1$＋$v_2$（だす）］　内から外への移行の過程で、ある新しい事態・現象が出現することを表す。この用法では、「だす」のみが用いられる（to come out/up, come forward/into view, let out, find out, etc.）。

(1) 自分の弱点を恋人《こいびと》の前にさらけ出すことはとてもできなかった。

(2) 父は、退職してから、盆栽《ぼんさい》の手入れに喜びを見いだしたようだ。

(3) ルオーが描《えが》き出したかったのは、ピエロではなく、神の嘆《なげ》きではなかったか。

「だす」「でる」には、［動詞テ型＋だす／でる］の形もあるが、この用法の場合、空間相〔一〕のａ用法と同じである。

(1) 先生の付近で盗難《とうなん》にかかったものが三、四日続いて出た。（『こころ』）

(2) 悪い事をした。怒《おこ》って出たから妻《さい》はさぞ心配をしているだろう。（『こころ』）

(3) 私もあまり長くなるので、すぐ席を立った。先生と奥《おく》さんは玄関《げんかん》まで送って出た。（『こころ』）

前項《ぜんこう》動詞としての「だす」、「でる」には造語力はあまりない。

出《だ》し遅《おく》れる、出しぬく、出会う、出遅《でおく》れる、出くわす

## 練習問題〔一〕

一　動詞「だす」に（　）内の動詞を加えて複合動詞をつくりなさい。

1　せっかくの絵の具を出したんだから、一枚ぐらいかかなくては。（持つ）

2　もう一歩足を出していたら、と思うとぞっとした。（踏《ふ》む）

3　彼《かれ》は布団《ふとん》から行儀《ぎょうぎ》悪く足を出して寝《ね》ている。（突《つ》く）

4　万一の時のために、いつでも出せるように用意してある。（持つ）

5　遊び仲間の呼ぶ声に、三吉《さんきち》は読みかけの雑誌を出して飛んで行った。（投げる）

6　三吉は、二階の窓から体を出して、五郎《ごろう》に叫《さけ》び返《かえ》した。（乗る）

7　父親のカメラを黙《だま》って出して、いたずらしていて、ひどく叱《しか》られた。（持つ）
8　机の上に出した原稿《げんこう》用紙は、まだ一字も埋《う》まっていない。（取る）
9　叔母《おば》は、押《お》し入《い》れを開けると、中から古い写真帳《しゃしんちょう》を出した。（引く）
10　金を貸してくれるにあたって、彼は何の条件も出さなかった。（持つ）
11　和尚《おしょう》は、茶だんすから茶器を出して、茶を注いでくれる。（取る）（『草枕《くさまくら》』）
12　こうして材木を切っては、町のふもとまで出しているのです。（運ぶ）

二　動詞「だす」に（　）内の動詞を加えて複合動詞をつくりなさい。
1　ちょっと気分が悪かったので、宴会《えんかい》の席を出て来たんです。（抜《ぬ》ける）
2　池の中ほどに、大きな岩が池の底から頭を出していた。（突《つ》く）
3　雪が溶《と》けて冷たく澄《す》んだ水が出てくると、ふもとの村々では苗《なえ》の準備を始めるのです。（流れる）
4　私は、今出てきた布団《ふとん》の中にまたまた潜《もぐ》り込《こ》んだ。（抜《ぬ》ける）
5　突然《とつぜん》ぐらっと来た大きな揺《ゆ》れに、彼は夢中《むちゅう》で家を出た。（走る）
6　林のそこここに草の芽が出ている。春だなあ！（萌《も》える）
7　夫が上着を投げ出したひょうしに、バー○○と書いたマッチが出た。（転がる）
8　そのドキュメンタリーを見て、とめどなく涙《なみだ》が出た。（あふれる）

三　文中の適当な動詞に「だす」（用法c）を加えなさい。
1　長い間探していた本を、神田の古本屋で見つけた時の嬉《うれ》しさ！

2　私は二人の気持ちを察して、いっしょに会える機会を作ってやった。
3　新しいものを世に生む喜び、これが生活の張りになっているんです。
4　彼《かれ》は、どこからか私の働き口を探して来てくれました。
5　私は、その問題について社長に言う機会をとうとう逃《のが》してしまった。
6　テーブルには、花模様が織《お》られた真っ白なテーブルクロスがかかっていた。
7　久《ひさ》し振《ぶ》りに会って見ると、家族の優しい気持ちが自然にわいてくる。
8　先生の過去が生んだ思想だから、私は重きをおくのです。（『こころ』）
9　面白い物を作ったね。君が一人で考えたのかい。偉《えら》いもんだ。
10　彼は、無理難題を持って来て我々を困らせようとしているんだ。

四　次の文中の「だす」の用法を述べなさい。一時間相か、二空間相のaか、bか、それともcか。

【答】【例】　主人と子供達を送り出して、ほっと一息ついたところです。
　二のa

1　そんな話をここで持ち出さなくてもいいんじゃないか。（　　）
2　彼は、父親の大事にしている茶器を持ち出して飲み代《しろ》にしてしまった。（　　）
3　私は、彼女《かのじょ》にどこで会ったかやっと思い出した。（　　）
4　私は、自分が彼女のことを想《おも》いだしたことにまだ気付いていなかった。（　　）
5　おばあさんは、縁《えん》に腰《こし》を下ろすと、だまって栗《くり》の実をむきだした。（　　）
6　おばあさんは、広げた新聞紙の上で栗の実をむきだした。（　　）

7 これは、大発明だ。すごいものを考えだすもんだ。（　　）

8 正月の雑踏《ざっとう》の中に彼女を見付けだした時、運命の糸で結ばれているように感じた。（　　）

9 彼は、シャツを砂浜《すなはま》にほうりだしたまま、海の中へ入って行った。（　　）

10 長い沈黙《ちんもく》のあと、「もう昔の事ですけど」と彼女の方が口をききだした。（　　）

11 私はあいさつをして、一歩ドアから外へ足を踏《ふ》み出した。（　　）

12 彼は、身を投げ出すようにベッドに寝転《ねころ》んだ。（　　）

## 〔二〕［動詞原型＋いれる／いる］

### A ［動詞原型＋いれる］

この複合動詞は、「ある事物を外部から、ある限られた場所や環境《かんきょう》に積極的に移す」という本動詞「いれる」の基本義が働いて次のような意味を表す。

a ［$N_1$を$N_2$に$V_1$＋$V_2$（いれる）］　ある動作$V_1$によって具体的、抽象的《ちゅうしょうてき》に$N_1$を$N_2$で表される場に意識的に移す、言い換《か》えれば、動作主が対象$N_1$に向かって働きかけ、外から内へという作用を加えることを意味する。この「内」とは、必ずしもウチ（自己）の領域だけではなく、相手、あるいは第三者にとってのウチの領域をも示す。

A教授を我が大学のスタッフとして迎《むか》えいれた。（話し手の領域へ）

配達員が家々に新聞を投げいれて行く。（他の人の領域へ）

(1) 後項動詞《こうこうどうし》として$V_1$は意志性の他動詞が用いられる。$N_1$は、$V_1V_2$両方と結びつく。

彼女《かのじょ》は、かわいい子熊《こぐま》の模様を子供のセーターに編みいれた。

(2)　紅葉したかえでの葉を、本にはさみいれた。

(3)　よくこねた生地《きじ》をクッキー型に流しいれて、オーブンで焼くんです。

この用法は、[$N_1$を$V_1$して、$N_2$に入れる] の形で言い換《か》えることができる。

荷物を家の中に運びいれた。↓荷物を運んで、家の中にいれた。

b　1 [Nを$V_1$＋$v_2$(いれる)]、2 [Nを$v_1$＋$V_2$(いれる)]、3 [$N_1$が$N_2$に$V_1$(いれる)＋$v_2$]

この三つの形はあまり生産性が高くない。

1　(1)　叔父《おじ》は、昔三百円でこの土地を買い入れたのだそうです。

(2)　まだ十七歳だろう。親が君の結婚《けっこん》を聞き入れてくれると思うかい。

2　(1)　巣箱《すばこ》に手をさし入れると、かわいい鳥の卵が三つ手に触《ふ》れた。

(2)　地下鉄を乗り入れる事が決まって、地元は活気づいている。

3　(1)　このお茶はもう出ませんね。入れ換《か》えましょう。

(2)　その事故の原因は、スイッチを入れ違《ちが》えたためだそうだ。

## 練習問題〔二〕のA

一　次の文を複合動詞を使って言い換《か》えなさい。

【答】【例】　男たちは、皆で荷物を運んで、蔵《くら》の中へ入れた。

……、皆で荷物を蔵の中へ運びいれた。

1　幸ちゃん、お湯が沸《わ》いたらポットに移してくれない？

2　秋のうちに、草を刈《か》って納屋《なや》に入れて置くのです。
3　彼《かれ》らは、その長身の生徒を誘《さそ》って、自分達のチームに入れようとした。
4　身元がはっきりしませんと、雇《やと》って会社に入れることはできません。
5　彼《かれ》は、ようよう重い荷物を押して小屋の中に入れて、ほっと一息ついた。
6　先生は、得意そうな手つきでブランデーをなべに注いだ。
7　あの大学では、世界的に有名な学者を招いて、スタッフとして入れたそうです。
8　他の文化の優れているところは取って、自分の文化に入れたらいいと思う。
9　雨が降《ふ》りそうだったら、洗濯物《せんたくもの》を取って、家の中に入れて下さい。
10　彼女《かのじょ》は、赤ちゃんを抱《だ》いてバスタブに入れて、洗ってやっている。

二　文中の適当な動詞に、6までは「いれる」を、7からは（　）内の語を加えなさい。

1　大切な事は、聞きもらさずにノートに書いておくべきだ。
2　足りない分は信用金庫から借りて間に合わせよう。
3　父は、ドイツへ行って勉強したいという私の頼《たの》みを聞いてくれた。
4　初めは借りる積もりだったんですが、とうとうマンションを買うことにしました。
5　おかみは、いつものように、柔《やわ》らかい京言葉で客を迎《むか》えた。
6　人をわなにおとすなんてことは、私にはできません。
7　部屋の中が散《ち》らかっていて、足を入れる所がなかった。（踏《ふ》む）
8　彼女は帯の間に手を入れて、財布を取り出した。（さす）
9　組合側の要求をすべて入れるのは無理だろう。（受ける）

10 今度地下鉄をこの駅まで入れることになったと聞きました。（乗る）

## B ［動詞原型＋いる］

「いる」は、現代語では複合動詞や、「気にいる」、「堂にいる」、「実《み》がいる」のような表現の補助動詞として使われ、本動詞としては、普通《ふつう》「はいる」が用いられる。

［Nが$V_1$／$v_1$＋$v_2$（いる）］、［Nが$v_1$（いる）＋$V_2$］ 補助動詞「いる」は、前項《ぜんこう》・後項《こうこう》とも、「気持ちなどがこもる」、「精神的に深くはいる」、「すっかり／深くそうする」という意味を表す。

(1) 老優は、若き日の自分の映像にじっと見入っていた。

(2) 彼は、とっさの情況《じょうきょう》に対応した少年の機転に、感じ入った顔をしていた。

(3) その絵に見入っているうちに、次第に幻想《げんそう》の世界に引《ひ》き込《こ》まれていった。

## 練習問題〔二〕のB

傍線部《ぼうせんぶ》の表現を、（　）内の動詞に「いる」を加えた複合動詞で言い換《か》えなさい。

【例】その箱《はこ》のりんごは、きちんとより分けてないので、虫食いも混ざっていた。（混じる）

【答】入り混じっていた

1 人の弱みに乗じるなんて、卑怯《ひきょう》だよ。（つける）

2 あのテレビドラマは、筋《すじ》がすごく複雑で、一回見逃《みのが》すと分からなくなっちゃう。（こむ［～ていて］）

3 子供達は遊び疲《つか》れたんだろう、すやすや眠《ねむ》っている。（寝《ね》る）

4　当事者でない私は、それ以上干渉《かんしょう》するような事を聞くのを控《ひか》えなければならなかった。（立つ〔～た〕）

5　その時の何気ない彼の言葉が、私の心に深く突《つ》き刺《さ》さった。（食う）

6　彼《かれ》は、講師の話にじっと熱心に耳を傾《かたむ》けている。（聞く）

7　上司にへつらって信用を得ようとするあいつの態度が腹にすえかねた。（とる）

8　これは、初心者がはまりやすい間違《まちが》いの一つです。（おちる）

9　C候補《こうほ》は、B候補の地盤《じばん》に食《く》い込《こ》もうと必死になっていた。（食う）

10　複雑な機械の説明を聞いているうちに、絶望感にとらわれた。（前項《ぜんこう》。組む〔～た〕）

## 〔三〕

### ［動詞原型＋こむ］

この動詞の基本的意味は、「狭《せま》い所にすきまなく、ぴったり詰《つ》まる」である。「こむ」は、本来自動詞であるが、$V_1$が他動詞の場合、この複合語全体は他動詞の働きをする。他動詞の「こめる」には造語力がない。

**A　［$N_1$が$N_2$に$V_1$（自）＋$v_2$（こむ）］、［$N_1$を$N_2$に$V_1$（他）＋$v_2$（こむ）］**

両型とも、「物理的・心理的に、主体がある領域に入る、また、対象をある領域に入れる」ことを表す。$V_1$は動作動詞が使われ、その動作・作用が及《およ》ぶ領域は「に」で示されるが、その方向は、「ソト側からウチの領域へ」、「ウチ側から他の領域へ」の違《ちが》いがある。この用法の「こむ」は、'to enter', '~in', '~into' の意味を表す。

(1)　さわやかな五月の風といっしょに、一団の女子学生たちが乗りこんできた。

(2) 長期間かかった橋も、最後に一本の鋲《びょう》を打ちこんで完成する。

(3) 恐《おそ》れ入《い》りますが、代金は当社の銀行口座に振《ふ》りこんでいただきたいのですが。

## B ［NP $V_1$ ＋ $V_2$（こむ）］

補助動詞「こむ」の「深く入る」、「すっかり入る」という意味がそえられて、この複合語全体は「深く、充分《じゅうぶん》に、徹底《てってい》して、～する $V_1$」の意を表す。$V_1$ は、意志性・無意志性どちらも可能。領域は普通《ふつう》現出しない。英語では、多く'intensely','deeply','completely'など、副詞が対応する。

(1) 私の誕生日《たんじょうび》に、父は大きな荷物を抱《かか》えこんで帰ってきた。

(2) たくさん着こんで来たから、いくら寒くても大丈夫よ。

(3) すっかり話しこんでしまったわ。もう帰らなければ。

「こむ」は、〔二〕の「いれる／いる」と近い意味関係にある。「いれる／いる」は、対象の空間的移動を表すのに対し、「こむ」は、「深く」、「徹底的《てっていてき》に」という程度の観念を表す点に違《ちが》いが見られる。

「ボールを投げ入れる」

$V_1$ の「投げる」行為《こうい》によって、ボールが、あるものの内側に空間的に移動することを表す。

「ボールを投げこむ」

a 出て来ないように深く、完全に入れること。

b 野球のピッチャーが投げる動作を徹底的《てっていてき》に行う、シーズンが始まる前の準備・調整を意味する。

本動詞では、「出す」と「入れる」が対応する。しかし、複合動詞の場合「～いれる」は造語力があまり高くなく、「～だす」には「～こむ」が対応する場合が多い。

「いる」には、「深く～する」という意味を表す用法があるが、「こむ」に比べるとその程度に差が見られる。

「寝入《ねい》る」

覚めている状態から眠《ねむ》りの状態に入ること。

「寝こむ」

a　完全に睡眠《すいみん》の状態に入ること。

b　起きられない（病の）状態になること。

## 練習問題〔三〕

一　傍線部《ぼうせんぶ》の動詞を、（　）内の動詞を使って複合動詞に言いなおしなさい。

【例】　私が声をかけようとすると、女の子は家に入ってしまった。（駆《か》ける）

【答】　……、女の子は家に駆《か》け込《こ》んでしまった。

1　彼《かれ》は、相手のコートに強烈《きょうれつ》なスマッシュを入れた。（打つ）

2　彼は、眼鏡《めがね》のレンズが外《はず》れたのを、うまく入れてくれた。（はめる）

3　日本は、オリンピック大会に大選手団を送った。（送る）

4　交通事故で怪我《けが》をした人を病院に運んだ。（担《かつ》ぐ）

5　開けた窓から入ってくる風が涼《すず》しくて気持ちがよかった。（吹く）

6　警官は、とうとう犯人を狭《せま》い路地に追っていった。（追う）
7　婦人は、年寄りを抱《だ》くようにして道を渡って行く。（かかえる）
8　障子を通して朝の柔《やわ》らかな光が入ってくる。（差す）
9　そんなに無理に入れたら、かばんが壊《こわ》れてしまうよ。（詰《つ》める）
10　子供は、器用に菓子《かし》を作ってゆく男の手元を、じっと見ていた。（のぞく）

二　次の動詞の中から適当なものを選んで複合動詞をつくり、（　　）内に入れなさい。

取る　座る　上がる　泊《と》まる　繰《く》る　住む　駆《か》ける　飛ぶ　忍《しの》ぶ　踏《ふ》む　連れる

1　父は、仕事が忙《いそが》しいため会社に（　　　）で、帰ってこなかった。
2　生徒達は、教師を見てあわてて教室に（　　　）だ。
3　留守の間に、泥棒《どろぼう》が（　　　）だらしく、家の中がめちゃめちゃになっていた。
4　おばあちゃんは、朝から友達の家に（　　　）で、しゃべっている。
5　息子が五、六人の友達を（　　　）で、夜遅《おそ》くまで騒《さわ》いでいる。
6　卒業式が終わると、学生達は皆《みな》近くの飲み屋に（　　　）だ。
7　彼は、とうとう疲《つか》れて道端《みちばた》に（　　　）でしまった。
8　私はおなかがすいていたので、寿司屋《すしや》ののれんを見て（　　　）だ。
9　彼女《かのじょ》は、お手伝いさんとして、その家に（　　　）ことになった。
10　僕《ぼく》らは、流れに足を（　　　）で、ふなを追い回した。

三　傍線《ぼうせん》を施《ほどこ》した動詞を、複合動詞になおしなさい。

1 こうして山に来て、胸一杯《いっぱい》に空気を吸《す》うと、生き返ったような気持ちになりますね。
2 彼《かれ》は、彼女に頼《たの》んでノートを貸してもらい、試験を受けた。
3 夏休みにたくさん本を読もうと思って買って来たんです。
4 今夜は、だいぶ冷えていますよ。暖かくしてお休み下さい。
5 彼は、自分がいいと思ったら、なかなか私の言う事なんか聞いてくれません。
6 真っ青に晴れ渡《わた》った空が身に染《し》みるように感じました。
7 どうかしたのかい？ いやに沈《しず》んでいるじゃないか。
8 風邪《かぜ》が元で一週間ばかり寝《ね》てしまいました。疲《つか》れが溜《た》まっていたんですね。
9 彼女は、自分の悪口を言ったのは彼に違《ちが》いないと決めている。
10 彼は、会社の金を使った事が発覚して、首になってしまった。

四 次の動詞の中から適当なものを選んで複合動詞をつくり、（　　）内に入れなさい。同じ語を二度使ってもよい。練習問題の二を参照。

気負《きお》う　見る　落ちる　のぞく　のむ

1 彼の性格は、長い付き合いで良く（　　）でいるつもりです。
2 私は、あの石田は勇気があると（　　）でいたんです。
3 私は、（　　）で小説を書き出したが、すぐゆきづまってしまった。
4 私は、彼の事が気にかかって、本を読んでも（　　）能力を失っていた。
5 私は、女の心の中を（　　）まれたような気がした。

6　今年は不景気のせいか、税収が（　　　）で、国は財政難のようだ。

五（　）の前の動詞に、「こむ」か「いれる／いる」を加えなさい。

1　大変な問題を持ち（　　　）て来ましたね。さて困った。
2　スポーツ選手は、シーズンオフにしっかり走り（　　　）て足腰《あしこし》を鍛《きた》えておかないといけない。
3　彼女は、私の視線に気づかずに、雑誌の写真に見（　　　）ていた。
4　私の見（　　　）た目に狂いはない。やつなら立派にやれる。
5　彼は、目をつむって、じっと演奏に聞き（　　　）ている。
6　ねえ、ねえ、面白い事を聞き（　　　）て来たよ。聞いてよ。
7　おまえの頼《たの》みを一々聞き（　　　）ていたら大変。少し我慢《がまん》なさい。
8　しまった。とうとう風邪《かぜ》を引き（　　　）てしまったようだ。
9　小さい時に覚え（　　　）た事は、忘れないものですね。
10　春物のスカーフをし（　　　）に、店長はミラノまで出掛《でか》けて行った。

## 〔四〕［動詞原型＋あげる／あがる］

本動詞として、「あげる／あがる」は、「下の方から上の方へ移る——具体的、空間的な位置の移動」だけでなく、「地位・体勢・価値・程度など、抽象的《ちゅうしょうてき》、精神的高まり、その結果としての物事の完了《かんりょう》」という広い意味を表す。この基本義は、補助動詞の用法にも現れている。

**[Nを$V_1$（他動詞）＋$V_2$（あげる　他動詞）]、[Nが$V_1$（自動詞）＋$V_2$（あがる　自動詞）]**

$V_1$が他動詞なら、「あげる」が結びつき、複合語全体は意志性の他動詞の働きをし、$V_1$が自動詞なら、「あがる」が付き、自動詞の働きをするのが普通《ふつう》である。両型とも$V_1$は「あげ方」、「あがり方」を表す。NPは、$V_1V_2$両動詞と一致《いっち》する。この用法の「あげる／あがる」は、to look *up*, pick *up*, stand *up*, jump *up*, clear *up* などの 'UP' が多くの場合対応する。

(1) どうやってアパートの三階までピアノを運びあげるのかと思っていたら、クレーンでつりあげるんですね。

(2) その女の人は、眠《ねむ》ってしまってずり落ちそうになる子を、押《お》し上げ、押し上げ歩いていました。

(3) 折からの強風で、火が一気に燃え上がり、火の粉《こ》が舞《ま》い上がった。

この複合動詞には、授受動詞の「あげる」のように、「人間関係」を反映した使い方のものがある。

申し上げる　存じ上げる　祭り上げる　褒《ほ》めあげる　買い上げる　見くだす

(1) 今時、若い女性が自分を犠牲《ぎせい》にして、親の面倒《めんどう》を見ているなんて、見あげたものだ。

(2) 高田氏は会長に祭り上げられ、会社の実権は中川氏に移った。

(3) 初めまして、お名前は以前からよく存じ上げております。

なお、程度・完了の意味を表す用法は本章の三を参照してほしい。

この用法と対照的な意味を表すものに「おろす／おりる」、「さげる／さがる」との複合語がある。

少し例をあげよう。

(1) 上から見おろすと、列車はおもちゃのように小さかった。
(2) 満天の星空に、天《あま》の川《がわ》が流れおりてくるようだった。
(3) 敵の騎兵隊《きへいたい》が、砂煙《すなけむり》を上げながら丘《おか》を一気に駈《か》けおりてくる。

## 練習問題〔四〕

文中の動詞で、上下の移動を表すと思われるものに、9までは「あげる／あがる」、10からは「おろす／おりる」を加えなさい。

1 夜空にくっきりと色模様を描《えが》き出す花火に、感嘆《かんたん》の声がわいた。
2 あんな山の上まで建築資材を運ぶのは、さぞ大変でしょうね。
3 男は、読んでいたスポーツ新聞を網棚《あみだな》に放って、降りていった。
4 空気が澄んでいると、富士がくっきりと浮《う》いて見えますね。
5 急に電話が鳴りだして、そばで寝《ね》ていた猫《ねこ》がびっくりしてはねた。
6 「これ、君に上げよう」と言うと、男の子はこわごわ甲虫《かぶとむし》をつまんだ。
7 「大きくなったわね。どれぐらい重くなったかしら」と言いながら、彼女は女の子を抱《だ》いた。
8 アンカーの上田は、何人もの走者を抜《ぬ》き、上位へ追っていった。
9 前日、皆《みな》で心配したのが嘘《うそ》のように、今朝《けさ》の空はきれいに晴れていた。
10 そこは海を一目に見ることのできる、すごく眺《なが》めのいい所です。
11 あの山のてっぺんから吹《ふ》いてくる風が、この辺の冬の名物なんです。
12 千メートルからの急斜面《しゃめん》を一気に滑《すべ》る壮快《そうかい》さ。まさにスキーのだいごみです。

〔五〕 [たつ／たてる原型＋動詞]、[動詞原型＋たつ／たてる]

この語の基本的な意味は、「静止状態にあるものが、上方あるいは前方に向かう運動を起こす。その動きがはっきりと目に見える。またそのように働きかける」ことである。

**A**

**前項《ぜんこう》動詞としての「たつ」、「NP＋$v_1$(たつ)＋$V_2$」**

a 「たつ」は、「主体が立ち上がる／立っている」という意味をそえながら、$V_2$の働きを補っている。普通《ふつう》NPは文法的に自動詞$V_2$と結びつく。

(1) 事故の直後一人の男が現場を立ち去るのを目撃《もくげき》した人がいた。

(2) 北の里は立ち会いで立ち後《おく》れましたね、それが敗因でしょう。

(3) 京子ちゃん、「芝生《しばふ》の中に立ち入らないで下さい」って、書いてあるのよ。

b 「たつ」は、空間的に「立つ」意味ではなく、「具体的・精神的にある行動を起こす」、「ある気持ちや状態がはっきり現れる」という意味を表す。

(1) その話しはそのくらいにして、本題に立ち戻《もど》ろうではないか。

(2) 立ち入ったことを聞くようで悪いけど、君のところは、今奥《おく》さんとうまくいってるの？

(3) 私も、その会談には、オブザーバーとしてたちあいました。

**B**

**後項《こうこう》動詞としての「たてる／たつ」**

a [NP＋$V_1$＋$v_2$(たてる)] 補助動詞「たてる」は、「動作・状態あるいは動作の結果をはっきり目に見えるようにする」という意味を表す。「たてる」は、本来他動詞であるが、文法的特徴《とくちょう》は$V_1$にあり、$V_1$が自動詞なら複合動詞も自動詞として働く。

(1) ヨーロッパ旅行のため、今お金を積みたてているんです。

(2) 着想は素晴らしいが、理論をどう組みたてていくかがむずかしい問題でしょうね。

(3) 彼《かれ》は待望の新車を手に入れて、しょっちゅうみがきたてている。

b ［$NP+V_1+v_2$（たつ）］ 後項《こうこう》動詞の「たつ」は、多く無意志性の動詞について「はっきりした、きわだった、さかんな」ようすを表す。具体的に「立つ」という意味を表すものもあるが、用例は少ない。

(1) 秋になると、全山が紅葉《こうよう》して、燃えたつばかりです。

(2) そのニュースを聞いて編集室は沸《わ》きたった。

(3) お湯を沸かしているのを忘れちゃったんじゃないの？ 煮《に》えたっているよ。

## 練習問題〔五〕

一 次の動詞の中から適当なものを選んで、前項《ぜんこう》動詞「たつ」と結びつけて（　）内に加えなさい。

並ぶ　上がる　去る　退《の》く　寄る　直る　入る　止まる　戻《もど》る　後《おく》れる　向かう　のぼる

1 私を見ると、彼はいすから（　　）て、のっしのっしと歩いて来た。

2 街《まち》の中心部には、近代的な高層ビルが（　　）ている。

3 風がないので、工場から出る煙がまっすぐ（　　）ている。

4 犯人が愛人の住むアパートに（　　）た形跡《けいせき》はないようだ。

5 私は部外者ですから、これ以上その事件に（〈原型〉）たくはありませんし、また（〈終止形〉）つもりはありません。（同じ動詞二回）
6 さて、話が横道にそれましたから、本題に（　　）たいと思います。
7 バイオテクノロジーの分野で、その会社は他社より（　　）たようです。
8 大家《おおや》さんに、今いるアパートを（　　）てほしいと言われているんです。
9 男は、私が見ているのを知ると、急いで（　　）て行った。
10 彼は、階段の途中《とちゅう》で（　　）と、振《ふ》り返《かえ》って私に話しかけた。
11 さよが笑顔を見せた。それは悲しみからやっと（　　）たと分かる笑顔だった。
12 若者は、どんな困難にも（　　）てゆく勇気を持ってほしい。

二　文中の適当な動詞に、後項《こうこう》動詞「たてる」を加えなさい

1 このくらいの機械なら、簡単です。私でも組むことができる。
2 東京湾《わん》を埋《う》めて、新空港を建設する計画がある。
3 お母さんが見えなくなって、赤ちゃんは火がついたように泣いた。
4 彼は、あこがれの新車ＢＭＷを手に入れて、いつも磨《みが》いている。
5 さしあたって不要なら、そのお金を銀行に積んでおいたらどう？
6 どの雑誌も、その問題を取り上げて書いている。
7 あのチームのフォワードは、すごい迫力《はくりょく》だ。あのフォワードに攻《せ》められたらたまらない。
8 門を入ろうとしたら、見慣れないものだから、私を見てそこの犬がさかんにほえるんです。
9 モーターボートから振《ふ》り落《お》とされた彼は、「助けて！」と叫《さけ》んだ。初め英語で、次にボート

がドイツ製なのを思いだして、ドイツ語で叫んだ。

10　彼女が絶《た》え間《ま》なくしゃべったので、皆《みな》あっけにとられていた。

## 〔六〕　［動詞原型＋つける／つく］

この動詞は、基本的に「あるものを他のものに付加し、ぴったり離《はな》れない、定まった状態とする、またそのようになること」を意味する。

### A　後項《こうこう》動詞としての「つける」、「つく」

a　［$N_1$を$N_2$に$V_1$＋$V_2$(つける)］　NPは、$V_2$（つける）と同時に多くの場合、他動詞$V_1$とも結びつく。全体は継続性《けいぞくせい》の他動詞として働き、$V_1$の動作・方法で$N_1$を$N_2$に定着させるという意味を表す。

(1)　コンピューターは、この辺りに据《す》えつけたらいいんじゃないですか。

(2)　この壁に、戸棚《とだな》を作りつけたら便利でしょう。

(3)　当時、その二つの事件を結びつけて考える人はだれもいなかった。

b　［$N_1$が$N_2$に$v_1$＋$V_2$(つく)］　この形は、$N_1$自体が具体的に、精神的に対象$N_2$に付着・定着・到着《とうちゃく》することを表す。補助動詞$v_1$は自動詞で、$N_1$が定着する様態・仕方を示す。複合語全体は、瞬間性《しゅんかんせい》の自動詞の働きをする。文法的にNPは$V_2$と結びつく。

(1)　私達が山頂に登りついたのは、午後の三時ごろだったと思う。

(2)　すぐ追い付きますから、一足先に行って下さい。

(3)　「ああ、美しい」と思った瞬間《しゅんかん》、その姿は私の心に焼きついてしまった。

一般に他動詞とされている動詞「追う」は、例(2)のように、この形に組み込まれて自動詞として働いているため、目的語をとることができない。しかし、このような例は、あまり多くない。

姉を抱《だ》く ↓ 姉に抱きつく　餅《もち》をかむ ↓ 餅にかみつく

c　［NP＋$V_1$＋$v_2$（つける）］「動かない、定まった状態に落ちつかせる」の意味の補助動詞「つける」が付加され、動作$V_1$が力強く、確実に作用するという意味となる。この場合、動作の方向は、その意味によって次の違《ちが》いが出てくる。

1「相手側に」　売りつける、送りつける、貸しつける

2「自分の方向に」　買いつける、呼びつける、受けつける

(1) お小遣《こづか》いをねだったら、父にしかりつけられた。

(2) 子供は父親の帰ってきた車の音を聞きつけて、飛び出して行った。

(3) 私は物質的の補助をすぐ申し出しました。するとKは一も二もなくそれを跳《は》ねつけました。(『こころ』)

d　［NP＋$V_1$＋$v_2$（つく）］　補助動詞「つく」は、$V_1$の状態に定着するという意味を付加する。文法的にはNPは$V_1$と結びつく。複合語全体は瞬間性《しゅんかんせい》の動詞となる。

(1) 京子ちゃんは、やっと寝《ね》ついたようね。

(2) あそこの家は、奥《おく》さんがやかましくて、なかなかお手伝いさんが居つかないそうですね。

(3) 私達が今の所に住みついてから、もう二十年になります。

### B　前項《ぜんこう》動詞としての「つける」、「つく」

補助動詞「つける」、「つく」の「付加する」、「添《そ》い加わる」という語意が後項《こうこう》動詞の表す意味を補っている。文法的にNPは$V_2$と結びつく。

[NP＋$v_1$(つける／つく)＋$V_2$]

(1) 先生は、それからこうつけ足した。「しかし人間は健康にしろ、病気にしろ、どっちにしてももろいものですね」(『こころ』)

(2) 今のお話に一言だけつけ加えておきたいんですが。

(3) ほら、ちょっとパセリをつけ合わせるとぐっと引き立つでしょう。

## 練習問題〔六〕

一　文中の適当な動詞に、後項《こうこう》動詞「つける」を加えなさい。

1　パンにそんなにジャムを塗《ぬ》ってはだめよ。

2　わざとあなたの足を踏《ふ》んだなんて、とんでもありません。

3　子供は、お母さんの声を聞いて玄関《げんかん》に飛んでいった。

4　そこで犬がにらんでいるから、怖《こわ》くて。

5　テーブルのねじが緩《ゆる》んでいるわ。お父さん、締《し》めて下さい。

6　彼《かれ》は、お父さんに叱《しか》られて、しょげていました。

7　銀行でお金を貸しているでしょう。借りたらどうですか。

8　いい事を考えたよ。これをクリスマスツリーに飾《かざ》ったらどうだろう。

9 美津子《みつこ》は、台所に入ると、さっそく、火をたいて湯を沸《わ》かした。
10 こんな欠陥品《けっかんひん》を人に売るのは良くないと思うね。
11 彼女《かのじょ》にウインクしたら、にらまれてしまった。
12 「奥《おく》さんは?」「今、子供を寝《ね》かしているんです」

二 文中の適当な動詞に、後項《こうこう》動詞「つく」を加えなさい。

1 あの人は、一人であそこまで行かれるかしら。
2 ここは、冬になると道が凍《こお》ってスリップする車が多いそうだ。
3 ずいぶんおかしな事を考えたものですね。
4 僕《ぼく》は、プールの向こう側まで泳ぐのがやっとなんです。
5 この子は、甘ったれで、お母さんにすがって離《はな》れようとしない。
6 驚《おどろ》きました。今朝《けさ》は洗面器が凍《こお》っていましたよ。
7 せっかくジャムを作ったのに、うっかりして焦《こ》げてしまいました。
8 朝顔のつるが巻いてしまって、隣《となり》へ行く木戸が開かなくなった。

三 傍線部《ぼうせんぶ》を「落ちつく」を使って言いなおしなさい。

1 転勤、転勤で、あちこち回ったが、やっと世田谷《せたがや》に居を定めた。
2 ここなら涼《すず》しいし、車の音も聞こえないし、静かに勉強できる。
3 地震《じしん》など、万一の場合には、あわてないで行動することが大切だ。
4 興奮《こうふん》状態でしたので、今、鎮静剤《ちんせいざい》を与《あた》えました。じきに治まると思います。

5　もっと事件の詳細《しょうさい》がつかめないと、安心できませんね。

## 〔七〕［おす／ひく原型＋動詞］

「おす」は、対象に密着し、前方、上方また下方へ進むように力を加える、「ひく」は、対象を把握《はあく》し、自分の側に寄せることを意味する。

### ［NP＋$V_1$（おす）＋$V_2$］、［NP＋$V_1$（ひく）＋$V_2$］

両型とも$V_2$は他動詞で、複合語全体も他動詞の働きをするのが普通である。$V_1$は、$V_2$の動作実現のための手段・方法を表す。具体的な「おす／ひく」という意義が弱まり、抽象化《ちゅうしょうか》された用法のものも多く見られる。

(1) アラジンが、重い扉《とびら》をおし開けると、中は宝の山だった。
(2) 東《あずま》富士《ふじ》対北《きた》の灘《なだ》は、おし出して北の灘の勝ち。
(3) 台風のため、転覆沈没《てんぷくちんぼつ》したフェリーをひき揚《あ》げる作業が始まった。
(4) 天候が急変したため、やむなく途中《とちゅう》からひき返した。

## 練習問題〔七〕

文中の適当な動詞に、9までは「おす」を、10からは「ひく」を加えなさい。

1　故障した車を三人がかりで坂を揚《あ》げて行くのだから、大変でした。
2　彼《かれ》の打ったボールは、風に戻《もど》されて、ホームランにはならなかった。
3　こんな所まで漁船が揚《あ》げられている。津波《つなみ》の力はすごいものですね。

4 この辺は潮の流れが強いから、流されないように気をつけて下さい。
5 北《きた》の灘《なだ》は、体勢を立て直して、相手力士を土俵中央まで戻《もど》した。
6 この貝を耳にあててごらん。海の音が聞こえるよ。
7 子供は、母親の胸に顔を当てて大声で泣いた。
8 発車のベルが鳴ると、若い男がいっぱいの乗客を分けて乗って来た。
9 嵐《あらし》の真《ま》っ只中《ただなか》で、船は寄せてくる大波に、木《こ》の葉のようにもまれた。
10 彼は、二つ返事でその仕事を受けてくれました。
11 奥《おく》さんは、私が帰ると言うのを、しきりに止めようとした。
12 二そうのボートは、いつの間にかお互《たが》いにだいぶ離《はな》されてしまった。
13 奥田《おくだ》さんは、私たち二人を合わせて下さった恩人《おんじん》です。
14 怒《おこ》った美津子《みつこ》さんは、手紙を細かく裂《さ》いて川に投げ入れてしまった。
15 これは、頂《いただ》く訳《わけ》にはいきません。どうぞそちらに取ってください。

## 〔八〕 その他の空間相を表す複合動詞

### (1) [動詞原型＋かえす／かえる]

[NP＋$V_1$＋$v_2$(かえす／かえる)]

「人や物の運動を逆にする」、また「物事・人をもとの所・状態に戻《もど》す」意味を表す。[自動詞＋かえる]、[他動詞＋かえす]が普通《ふつう》。空間の移動を表す「もどす」も使われるが、「かえす」の方が造語力がある。

(1)　また犬のやつが畑を掘《ほ》りかえしたな。困ったやつだ。
(2)　おや、花瓶《かびん》がひっくりかえっているわ。誰《だれ》がやったのかしら。
(3)　父親が急病で倒《たお》れたため、イギリスに留学中の息子が急きょ呼びかえされた／もどされた。

## 練習問題〔八〕の(1)

文中の（　）内の動詞に、与えられた後項《こうこう》動詞を加えなさい。

1　後ろの方で急に犬がほえだした。僕《ぼく》は驚《おどろ》いて声がした方を（振《ふ》る）た。（かえる）
2　「本当？」信じられないといった顔で、彼《かれ》は（聞く）た。（かえす）
3　初速二五〇キロで打ち込《こ》まれるサービスを（打てる）選手は、そういない。（かえす）
4　こうして、壁に当たって（はねる）て来るボールを打つんです。（かえる）
5　山本選手は、カーブをうまくセンター方向へ（打つ）た。（かえす）
6　保険の勧誘員《かんゆういん》を（追う）て、彼女はほっと一息ついた。（かえす）
7　風邪《かぜ》で一週間も授業を休んでしまった。おくれを（取る）のは大変だ。（かえす／もどす）
8　聴衆《ちょうしゅう》の拍手《はくしゅ》はいつまでも鳴りやまず、指揮者は何度も舞台《ぶたい》に（呼ばれる）た。（もどす）
9　御《ご》不要の場合、七日以内に（送る）て下さればけっこうです。（かえす）
10　アンカレッジを飛び立ったＪＡＬ４７５便は、右エンジン不調のため、同空港へ（引く）た。（かえす）
11　姉さんは、女学生時代すごくきれいで、皆《みな》が（振《ふ》る）て見たんですって。（かえる）
12　ご主人が怒《おこ》ると、彼女も負けていないで（言う）んですって。（かえす）

(2)　[動詞原型＋まわす／まわる]

「対象に働きかけ、対象を移動させる」場合、「まわす」が用いられる。一方、「主体自体が移動して、$V_1$の動作を行う」場合、[$V_1$テ型＋$V_2$(まわる)]と言い換《か》えることができる。$V_1$は自動詞・他動詞ともに可能。「まわす／まわる」とは、円運動とは限らず、あちらこちら動くことを意味する。

(1)　薄暗《うすぐら》い書庫に入って、立ち並ぶ書架《しょか》のあちこちを見回した。
(2)　あいつは女の子ばかり追い回しているって、本当かな。
(3)　彼は、部屋の中を歩き回った。おりの中のライオンのように。

(3)　[動詞原型＋すぎる／ぬける／こす]

[NP＋$V_1$＋$V_2$(ぬく／ぬける)]、[NP＋$V_1$＋$V_2$(こす／こえる)]

「すぎる」は、「ある地点を通り先へ行く／通過する」こと。「ぬける／ぬく」は、「狭《せま》い空間、障害の中を通過する」こと。「こす／こえる」は、「ある限界となる対象・地点をすぎて先へ行く」ことの意で、いずれも、$V_1$は、多く移動の仕方を示す自動詞が用いられる。

(1)　柔《やわ》らかい春の風が、そっとほおをなぜて通りすぎる。
(2)　町の人達の見守る中を、花嫁《はなよめ》を乗せた人力車が走りすぎて行く。
(3)　こっちの窓も開けると、風が吹《ふ》きぬけて涼《すず》しいでしょう。
(4)　この公園の中を通りぬけて行くと近道なんですよ。
(5)　お酒を飲むのはいいけど、帰りに乗り越《のこ》して、終点まで行ったりしないで下さいよ。

### (4)［動詞原型＋とめる／とまる］

「動き去ろうとするものを押さえ、制止し、あとに残す」という意味を表す。$V_1$は他動詞で、「とめる」に結びつく方が多い。

(1)「ちょっと待って」美代は、先を行く優二を呼び止めた。

(2) 観客席に飛《と》び込《こ》んだボールを、観客の一人が素手《すで》で受け止めて、拍手《はくしゅ》かっさいを浴びた。

(3) 村の外れで道が二つに分かれていた。彼《かれ》はそこで立ち止まってしばらく考えた。

## 練習問題〔八〕の(2)(3)(4)

（　）内の動詞に、与えられた後項《こうこう》動詞を加えなさい。

1　私は、その日から住むことになった部屋をぐるっと（見る）た。（回す）

2　じいさんは、山の中で兎《うさぎ》を（追う）ていて、切り株につまずいた。「ああ、骨折り損のくたびれもうけや」（回す）

3　公園では、遠足に来た小学生たちが（騒《さわ》ぐ）ていた。（回る）

4　列車は、広々とした田園地帯を（通る）て、今は山間《やまあい》を走っている。（過ぎる）

5　秋の県大会では、二・五メートルのバーを（跳《と》ぶ）た佐藤君《さとうくん》が一位になった。（越《こ》える／越す）

6　峠《とうげ》を（通る）と、道はなだらかな下《くだ》りになっており、ずっと先で左に曲がっていた。（越《こ》す）

7　深い霧《きり》のため、十メートル先を（見る）ことが出来なかった。（通す）

8　青い（透《す》く）ような空を、まっ白な雲が渡《わた》るのを飽《あ》かず眺《なが》めていた。（通る）

9 花見客の中を（通る）て、花も人も見えない森の方へと二人は歩いて行った。（抜ける）
10 「安子！」兄は、びっくりして妹のそばに（駆《か》ける）た。（寄る）
11 さえた三味線《しゃみせん》の音《ね》が、乾《かわ》いた冬の空気を裂《さ》いて（鳴る）た。（渡《わた》る）
12 すっかり傷が治った鳥は、手を放してやると、何度か家の上で輪を描《えが》いていたが、やがていずれかへと（飛ぶ）て行った。（去る）
13 ディレクターの電話番号を（書く）ておいた紙を見なかった？（とめる）
14 入江《いりえ》はヨットハーバーになっていて、何そうものヨットが（つなぐ）てあった。（とめる）
15 この道は行き止まりです。（通る）〈受け身形〉ませんよ。（ぬける）

## 三 様相、程度を表すものを中心に

### 〔一〕［動詞原型＋あわせる／あう］

「あわせる」の基本的意味は、「二つのものを寄りつかせ、一つにする」、「二つのものの間をしっくり、調和するようにさせる」こと、「あう」は、「二つのものが近寄ってぴったり一つになる」、「二者がいっしょに／たがいにある動作をする」ことを表す。

#### A 後項《こうこう》動詞としての「あわせる」

a 〔$N_1$が〔$N_x$と／に$N_y$〕を$V_1$＋$v_2$（あわせる）〕 意志性の他動詞$V_1$と結びついて、継続性《けいぞくせい》の働きをし、「二つ（以上）の事物を一つにする、一致《いっち》・調和させる」という意味を表す。

(1) シャツのそでの所がほころびているわ。縫《ぬ》いあわせて上げるから脱《ぬ》ぎなさい。

(2) この微妙《びみょう》な味を出すために、何種類もの香辛料《こうしんりょう》が混ぜあわせてあるんですよ。

(3) これは、二枚の写真を重ねあわせて作成した合成写真なんです。

b　［〔$N_1$と$N_2$〕が$V_1$＋$v_2$（あわせる）］　複数の主体による、お互《たが》いの、同じ動作・出来事$V_1$を表す。$V_1$が自動詞なら偶然《ぐうぜん》の出来事を、他動詞なら意図《いと》的行為《てきこうい》を表すのが普通《ふつう》である。この形は、［$N_1$が$V_1$］＋［$N_2$が$V_1$］のような構造が元となっている（「＋」記号は、「あわせる」を意味する）。

［山田がその電車に乗った］＋［田中がその電車に乗った］↓山田と田中は（偶然《ぐうぜん》）その電車に乗りあわせた。

(1) じゃ、当日待ちあわせる時間と場所を決めておきましょう。

(2) 彼のあまりにも唐突《とうとつ》な発言を聞いて、一同、思わず顔を見あわせた。

(3) ちょうど、そこにいあわせた学生さんが、いっしょに荷物を運んでくれました。

## B　後項《こうこう》動詞としての「あう」

**［〔$N_1$＋$N_2$〕が$V_1$＋$v_2$（あう）］**

二者以上の主体$N_1$と$N_2$が、お互《たが》いに同じ動作・同じ精神作用$V_1$を「分かち合う」ことを表す。文法的にNPは$V_1$と結びつく。

a　［$N_1$が$V_1$］＋［$N_2$が$V_1$］　$V_1$は無意志性の自動詞が多い。

［山田が喜んだ］＋［田中が喜んだ］↓山田と田中は喜びあった。

(1) ライオンの子同士がじゃれあっているだろう。あれが獲物《えもの》を捕《と》る練習になっているんだよ。

(2) 「馬には乗ってみよ。人には添《そ》ってみよ」ということわざがあるが、人とは、付きあってみるものだ。

(3) 君の収入とボルボとは、どう見ても釣りあわないね。

b

[$N_1$が$N_x$を$V_1$] ＋ [$N_2$が$N_x$を$V_1$]　$V_1$は他動詞で、目的語をとる意図的な動作である。

[山田が金を出す] ＋ [田中が金を出す] → 山田と田中でお金を出しあう。

(1) 皆《みな》で少しずつお金を出しあって、コーヒーポットを買った。

(2) その事は皆で話しあって決めた方がいいと思う。

(3) 貧しいながら、肩《かた》を寄せあって生きていた、あのころが懐《なつ》かしい。

c

[$N_1$が$N_2$を$V_1$] ＋ [$N_2$が$N_1$を$V_1$]　$V_1$は意志性の他動詞で、互いを対象としてとる形である。

[山田が田中を信じる] ＋ [田中が山田を信じる] → 山田と田中はお互《たが》いに信じあっている。

(1) どんなきっかけであの二人が知りあったのか、すごく興味がある。

(2) 同じ文化、同じ言語を共有する二人でさえ、理解しあうのは容易ではない。

(3) 口角《こうかく》あわを飛ばして世の趨勢《すうせい》を論じあった、学生のころが懐《なつ》かしく思い出される。

d

[〔$N_1$と$N_2$〕が$N_x$を$V_1$ ＋ $v_2$（あわせる）]　$V_1$が授受関係を表す動詞で、$N_x$は必ずしも同一のものとは限らない。

[山田が田中にレコードを貸す]＋[田中が山田にテープを貸す]↓山田と田中はお互《たが》いに物を貸しあっている。

以上、色々な構文があり、それによって$V_1$の動詞の種類は決まってくるのであるが、ある動詞は「あわせる」とも「あう」とも結びつく。その場合、表す意味は異なる。「あわせる」は、「対象同士を合わせて、一つにする」こと。「あう」は、「お互《たが》いの動作・作用で、主体同士が一致《いっち》・協調する」こと。例えば、「考えあわせる」は、「二つ以上の事を同時に考える」こと。「考えあう」は、「複数の主体が同時にある事を考え、主体間の一致・調和をはかる」ことを表す。

## C　前項《ぜんこう》動詞としての「あう」

これは、後項《こうこう》動詞用法Bのbに通じる用法で「共に〜する」意味を表す[抱《だ》きあう＝あい抱《いだ》く]
しかし、ほとんどが文語的表現といえる。

(1) プラス、マイナスの磁力《じりょく》があい反発する力の作用によって、車体が浮《う》き上がるのです。
(2) そういう行為《こうい》は彼女《かのじょ》の性格とあい入れないものではないか。
(3) その川をはさんで、両県があい接している。

## 練習問題〔一〕のA・B

一　傍線部《ぼうせんぶ》の動詞に「あわせる」を加えなさい。

1　色々なチョコレートが詰《つ》めてあるものなら、皆、喜ぶんじゃない？

2　この綱《つな》とつないだら、向こう岸まで届くだろう。
3　この書類の右端《みぎはし》に領収書等をのりで貼《は》って下さい。
4　原簿《げんぼ》と照らして見て、税務所に提出する帳簿《ちょうぼ》に記載《きさい》もれがないかどうか、確かめなければ。
5　さ、みんな手をつないで輪になって踊《おど》りましょう。
6　大きな皿《さら》に色とりどりの海の幸が盛《も》ってあって、すごくきれい！
7　皆《みな》で相談した結果、渋谷駅《しぶやえき》の東口で待つことにした。
8　これは、火打ち石と言いまして、昔《むかし》の人はこの石と石を打って、火を起こしたのです。
9　思いがけない色でも、はぐと面白い模様が出来上がるのが、パッチワークの妙味《みょうみ》なのだ。
10　君が乗っていて助かったよ。バス代をちょっと貸してくれないか。

二　傍線部《ぼうせんぶ》の動詞に「あう」を加えなさい。

1　村田は、向かって座っている娘《むすめ》をそれとなく観察していた。
2　第五レース、一番人気の馬が、評判通り競《きそ》ってゴールに入った。
3　あの人達、本心は引かれているのに、わざと無関心を装《よそお》っている。
4　合格発表の掲示板《けいじばん》に自分の番号を見つけて、彼は友達と抱《だ》いて喜んだ。
5　蝶《ちょう》は、もつれながら、やがて視界から消えていった。
6　その時細かいのを持っていなかったので、友達に借りてしまった。
7　世の中、お互《たが》いに言葉をかけ、笑顔を向け、助けなければいけない。
8　お互《たが》いに気持ちが通う人がいるということは、恵《めぐ》まれたことだよ。
9　皆《みな》さん、今日はゆっくりくつろいで語りましょう。

10　相撲《すもう》とは、二人の力士が、十六尺《じゅうろくしゃく》の円形の囲みの中で力と技を競うものである。

三　次の動詞のうち適当なものを選んで（　）の中に入れなさい。

付きあう　取りあわせる　釣《つ》りあう　取りあう　触《ふ》りあう　探りあう　繰りあわせる　行きあわせる　誘《さそ》いあわせる　引きあわせる

1　私が心配して注意したのに、彼《かれ》はまったく（　　）てくれなかった。
2　両者お互《たが》いの腹を（　　）て、長い時が過ぎた。
3　よく言われることわざがある。「袖《そで》（　　）も他生《たしょう》の縁《えん》」
4　あの時師匠《ししょう》が（　　）てくれたら、もう少し違《ちが》う進展があったと思う。
5　ふと訪れた北の町で、伝統的な神事《しんじ》に（　　）た。
6　茶色とピンクを（　　）たセーターは、秋によく似合う。
7　秋のスポーツ大会には、万障（　　）て御出席下さい。
8　祭り好きの姉は、今年もまた従姉《いとこ》と（　　）て盆踊《ぼんおど》りへ出掛けた。
9　あの二人はちょうど（　　）ていると思う。結婚《けっこん》したらうまくいくんじゃないですか。
10　ちょっと取っ付きにくいけど、（　　）てみると、いい人だよ。

## 〔二〕

### ［みる原型＋動詞］

**［NP＋$V_1$（みる）＋$v_2$］、［NP＋$v_1$（みる）＋$V_2$］**

「みる」は、視覚を通して見るだけでなく、心情的・精神的に「思う・判断する」ことを表す。「みる」には、主動詞・補助動詞の用法があるが、造語力から見て主動詞としての働きの方がまさっている。

(1) 店員がもう払《はら》ったのかと言うような目で見たから、私も、もう払ったと言うような目で見返《かえ》してやった。

(2) 近いうちに値を上げると見越《みこ》して買い入れた株なんだが……。

(3) 君を責任感の強い人と見込《みこ》んでこれを頼《たの》むのだよ。

## 練習問題〔二〕

（　）内に与《あた》えられた動詞を、8までは後項《こうこう》動詞として文中の「みる」に付加し、9からは、「みる」を文中の適当な語に前項《ぜんこう》動詞として加えなさい。

1 五年先、十年先を見て、会社の方針をたてなければいけない。（通す）

2 節子は、夫の乗った飛行機が見えなくなるまで見ていた。（送る）

3 入院中の友が、どうしているかと思って見て来た。（舞《ま》う）

4 前社長が彼の才能を見て、ばってきして用いたから、今の彼があるのだ。（抜《ぬ》く）

5 事の正否をはっきり見た上で、態度を決めたいと思う。（きわめる）

6 おばあさんは、乗《の》り込《こ》むなり車内を見て、空いた席を探した。（回す）

7 この辺《あた》りであまり見ない顔だけど、あの人は誰《だれ》なの？（慣れる）

8 そんなに人の顔をじっと見たら失礼ですよ。（つめる）

9 あの人は優しいから、絶対君を捨てるようなことはしないよ。

10　私は、とうとう人込《ひとご》みの中に彼女《かのじょ》の姿を失ってしまった。
11　転勤でアメリカに立つ同僚《どうりょう》を送るため、成田まで行った。
12　あの展覧会《てんらんかい》はどうしても行きたかったが、逃《のが》してしまった。

## 〔三〕　前項《ぜんこう》・後項《こうこう》動詞として働く「とる」、「うける」

### (1)　［動詞原型＋とる］、［とる原型＋動詞］

この語の基本的な意味は、「対象に積極的に働きかけ、対象を自分の方に引きよせ、自分のものとする、自分の思うように操作する」である。

### A　後項動詞としての「とる」、［NP＋$V_1$＋$v_2$（とる）］

「とる」は、意志性の他動詞について、その行為《こうい》が意識的に行われることを表す。対象の処置は、行為者《こういしゃ》の対象に対する価値観によって異なる。

「芽を摘《つ》みとる」

a　お茶など、商品とするため。
b　野菜の芽など、他の成育を促《うなが》すためにおろぬく。

［$v_1$（自動詞）＋$V_2$］の形もあるが、生産性はない。(4)は、［$v_1$＋$V_2$］

(1)　ここは大切なところだから、内容をはっきり読みとってほしい。
(2)　彼《かれ》が最近一億円もする絵を買いとったといううわさがある。
(3)　あの先生は早口で、講義を聞きとるのに苦労します。

(4)　オーストラリア・チームは、3対2でスエーデン・チームを下し、1987年デビスカップ優勝杯《ゆうしょうはい》を勝ちとった。

## B　前項《ぜんこう》動詞としての「とる」、［NP＋$v_1$（とる）＋$V_2$］

前項動詞としての「とる」は、$V_2$の操作、処理をするため、対象を意識的に自分の領分に具体的・精神的に引き入れることを意味する。

(1)　三原山の火山活動が治まったため、避難《ひなん》していた住民達は、荷物をとりまとめて帰島の途《と》についた。

(2)　SAKEは、英語にとり入れられた数少ない日本語の一つです。

(3)　過去を悔《く》いてはいけない。過ぎた時間をとり戻《もど》すことはできない。

中には、「とる」の原義が薄《うす》れ、ほとんど語調を整えるだけの働きをしていると見られる熟語化したものもある（とりもつ、とりなす、とりいる、など）。

(1)　少女はとり澄《す》ました顔で窓の外を眺《なが》めていた。

(2)　父に叱《しか》られていると、よく母がとりなしてくれたものです。

## 練習問題〔三〕の(1)

一　文中の適当な動詞に後項《こうこう》動詞「とる」を加えなさい。

1　不要な芽を小さいうちに摘《つ》んでしまいますと、秋になって立派なりんごができるんです。

2　彼《かれ》は、数枚の札《さつ》をそっと抜《ぬ》いてから、給料袋《きゅうりょうぶくろ》を妻に渡《わた》した。

3　客は、こちらの体調の悪いのを感じて、すぐ帰って行った。
4　じゃ、用件だけ申しますから、書いていただけますか。
5　言葉ですべてを言いつくすことは出来ない。行間から著者《ちょしゃ》の真意を読まなければいけない。
6　そこには、敵方からうばったという兵器が、山のように積んであった。
7　稲《いね》の穂《ほ》が重そうに色づいて、今は刈《か》るばかりになっている。
8　この掃除機《そうじき》は最新式の強力なやつで、このくらいのごみなら吸ってしまいます。
9　ちょっと待って！　これは、掃除機《そうじき》よりも雑巾《ぞうきん》で拭《ふ》いた方がいいわ。
10　このポリープは放っておかないで、早く切ってしまった方がいい。

二　文中の適当な動詞に前項動詞「とる」を加えなさい。

1　その思い付きに興奮《こうふん》して、私はさっそく実験にかかった。
2　五月晴《さつきばれ》の五月吉日《ごがつきちじつ》、坂井・武田両家の結婚式《けっこんしき》がめでたく行われた。
3　叔父《おじ》は、私が東京でまごつかないように、万事を計らってくれた。
4　子供がいたずらざかりで、散らかしていますが、どうぞお入り下さい。
5　今日の試合は、残念ながら雨のためにやめることになった。
6　私は、一人で残されそうになって、あわてて後を追った。
7　どじな泥棒《どろぼう》は、たちまち行員たちに押《お》さえられてしまった。
8　バイキング方式ですから、料理はこの皿《さら》に分けてあがって下さい。
9　夏の間はガラス戸をはずしてしまいまして、網戸《あみど》にしておくんです。
10　その場は、どうにか繕《つくろ》う事はできても、いつまでも人を偽《いつわ》っていられる訳《わけ》がない。

三　次の動詞の中から、適当なものを選んで後項《こうこう》動詞「とる」を加え、（　　）の中に入れなさい。同じものを二度使ってもよい。

すくう　切る　引く　受ける　聞く　盗《ぬす》む　書く　読む　抜《ぬ》く

1　新聞で大切な情報は、こうして（　　　　）て残してあるんです。
2　スケジュールを発表します。ノートに（　　　　）て下さい。
3　国に帰るので、知人に車を（　　　　）てもらいました。
4　男の部屋には、あちこちで（　　　　）てきた品がいっぱいだった。
5　お礼を上げようとしたんですが、あの人はどうしても（　　　　）てくれませんでした。
6　これでそっと金魚を（　　　　）てごらん。取れたのは上げるよ。
7　このごろはラジオを聞いても少しは（　　　　）ようになりました。
8　製品の中から、不作為《ふさくい》に（　　　　）て、調べているんです。
9　本を読む場合、作者が言おうとしている事を正しく（　　　　）てほしい。
10　この花は、今庭で（　　　　）て来たんですよ。きれいでしょう。

四　次の動詞の中から、適当なものを選んで前項《ぜんこう》動詞「とる」を加え、（　　）の中に入れなさい。

付ける　調べる　出す　扱《あつか》う　入れる　組む　外《はず》す　やめる　かかる　そろえる

1　おじさんは、戸棚《とだな》から古い写真帳を（　　　　）て来て、見せてくれた。
2　外の国のいいところは、どんどん（　　　　）たい。

3　この辺にインターホンを（　　　）たら、いいでしょう。
4　あの店は看板《かんばん》を（　　　）ていましたよ。閉店したんでしょうか。
5　さあ、一休みしたら、仕事に（　　　）ましょう。
6　当店では、新製品を種々《いろいろ》（　　　）て、皆さまのおいでをお待ちしております。
7　今日の遠足は、雨で（　　〈終止形〉）ことになりました。
8　彼《かれ》は、今癌《がん》の特効薬の研究に（　　　）ているそうです。
9　深夜、池袋《いけぶくろ》にある銀行の裏口あたりをうろついていた男が、挙動不審《きょどうふしん》のかどで、警官に（　　〈受け身形〉）た。
10　当店では、アルコール類は一切（　　　）ておりません。

## (2)［うける原型＋動詞］、［動詞原型＋うける］

**NP＋$V_1$＋$v_2$（うける）］［NP＋$v_1$（うける）＋$V_2$］**

補助動詞としての「うける」は、「自分に向かって来るものを、心構えして迎《むか》え入れる」という本動詞の基本義をうけている。対象に対処する仕方は、後項《こうこう》動詞の場合は$V_1$で、前項《ぜんこう》動詞の場合は$V_2$で表される。

(1)　あの会社は、外国人を数多く受け入れているようです。
(2)　このごろは、この伝統芸能を受《う》け継《つ》いでやってくれる人が、なかなか見つからなくて、困っております。
(3)　叔父はまた一切を引き受けてすべての世話をしてくれました。（『こころ』）
(4)　父は、毎日新聞の来るのを待ち受けて、自分が一番先へ読んだ。（『こころ』）

## 練習問題〔三〕の(2)

（　）内の動詞に「うける」を、8までは前項《ぜんこう》動詞として、9からは後項《こうこう》動詞として加えなさい。

1　「彼は信用できます」「保証しますよ。私が（合う）ます」
2　その事故は、仕事を（負う）た会社のミスではないかと考えられる。
3　この祭りに参加希望の方は、事務所で（付ける）ていますから、どうぞ。
4　千恵《ちえ》が（取る）てしまったんだけど、この小包みはお隣《となり》に来た物なのよ。
5　私は、この学期は二年生の社会の時間を（もつ）ています。
6　今胃が弱っているから、そういう食べ物は（付ける）ないんです。
7　問題は、野党にその提案を（入れる）度量があるかどうかですね。
8　うちの子は、どうもおばあちゃんの頑固《がんこ》な性格を（継《つ》ぐ）だみたいです。
9　費用の方は（引く〈終止形〉）から、心配せずに研究を続けたまえ。
10　えらい事を（引く）て来たね。この仕事をやる自信があるのかい。
11　この車は、転勤で外国に行く知人から（譲《ゆず》る）たものなんです。
12　このごろは、こういう席でたばこを吸っている人を、あまり（見る）なくなりましたね。

## 〔四〕　強意を表す前項《ぜんこう》動詞

### (1)　[うつ原型＋動詞]

この語の基本的な意味は、「物を何かに向けて瞬間的《しゅんかんてき》に強く当て、その結果ある状況《じょうきょう》をもたらす」である。

a　［NP＋$V_1$（うつ）＋$V_2$］「うつ」は、意志性の他動詞をともなって具体的に「うって」$V_2$の状況《じょうきょう》をもたらす意識的な動作を表す。

(1) 次々にうち上げられる花火が、夜空にくっきりと大輪の花を咲かせた。

(2) 今日の試合は、十二安打、ホームラン四本で、完全にうち勝った。

(3) 一九〇センチの長身の彼がうち下ろしてくるサービスは、ものすごい威力《いりょく》だ。

b　［NP＋$v_1$（うつ）＋$V_2$］補助動詞として「うつ」は、本動詞の「瞬間的に強く当てる」ものであるという意味をうけ、その動作が「力強い、思い切った」また「すばやい軽い」ことを表す。

(1) 台風の接近《せっきん》を思わせる二メートルの大波が、岸にうち寄せていた。

(2) 時間に制限がありますので、このへんで質問をうち切らせていただきます。

(3) あんないい番組が、なぜうち切られてしまったのか、残念だね。

## 練習問題〔四の(1)〕

傍線部《ぼうせんぶ》の動詞に前項動詞「うつ」を加えなさい。

1　優勝祝いに、威勢《いせい》良《よ》く花火を揚《あ》げましょう。

2　早稲田《わせだ》は、慶應《けいおう》の堅《かた》いディフェンスを破って、見事トライに成功した。

3　あの番組は不評だったので、中途で切られてしまったんです。

4　続く不況《ふきょう》の波で、石炭の町は火が消えたようになった。

5 時間がたつにつれて、皆《みな》の心も解けて来たようだ。
6 救命ボートから、一人の人が何か白いものを振《ふ》っているのが見えた。
7 さんざん村人を苦しめて来た狼《おおかみ》を、やっと殺した。
8 あの強烈《きょうれつ》なサービスを返せる選手は、日本のテニス界にあまりいない。
9 何か事があった時には、この鐘《かね》を鳴らして人に知らせるのです。
10 海岸に寄せる波のために、岩が面白い形になっている。
11 その掲示板《けいじばん》を、この辺に釘《くぎ》で付けたらどうかな。
12 この研究が成功すれば、敵のミサイルをみな落とすことができる。

## (2) [おす原型＋動詞]

この補助動詞は、「力をもって圧する」という原義を受けて、「強く、強いて、無理に～する／なされる」という意味を表す。

[NP＋$V_1$（おす）＋$V_2$]

$V_2$はほとんど意志性の動詞で、複合語全体も意識的動作が多い。

(1) 彼は客好きだから、しょっちゅう色々な連中がおしかけて来る。
(2) おじいちゃんとおばあちゃんは、大恋愛《だいれんあい》の末、周囲の反対をおし切って結婚したのだそうだ。
(3) 年がおし詰《つ》まって来ると、どこもあわただしく感じる。

## 練習問題〔四〕の(2)

（　）内の動詞に前項《ぜんこう》補助動詞「おす」を加えなさい。

1　姉は、私に掃除《そうじ》や洗濯《せんたく》を（つける）て、男友達と遊びに行ってしまった。
2　彼女《かのじょ》は、度重なる不幸、悲しみを（包む）で、人の前ではにこやかに振《ふ》る舞《ま》っていた。
3　彼女は、強情を張って独身を（通す）てきたことを、今になって悔《く》やんでいるようだ。
4　君は、ポケットに何を（こむ）だのかね。さあ、見せてごらん。
5　彼《かれ》は、多くの先輩《せんぱい》を（退《の》ける）て、部長になったという噂《うわさ》がある。
6　デモ隊が国会に（かける）ようとしたが、途中《とちゅう》で警官隊に阻《はば》まれた。
7　首相は、左右両派の反対を（きる）ために、色々な手段をこうじた。
8　遠く離《はな》れた南米で起きた地震で、日本の太平洋沿岸まで津波《つなみ》が（寄せる〈原型〉）、被害《ひがい》を与《あた》える。そのエネルギーには驚《おどろ》く外はない。
9　いい所まで攻《せ》め込《こ》むのだが、相手の強力なバックスに（返《かえ》す〈受け身形〉）てしまう。
10　三人組の男がマンションに（入る）たが、家人に騒《さわ》がれて、何も取らずに逃《に》げて行ったという。

### (3)［さす原型＋動詞］

この語は、「ある対象の方向に意向・動作・物などを向ける、またその内部に直入する」ことを表す。

［NP＋$v_1$（さす）＋$V_2$］

$V_2$は意志性の動詞が多く、複合語全体も意識的動作を表すことが多い。

(1) お電話を下されば、すぐ車をそちらまでさし向けます。
(2) 先生は、地図の一点をさし示して、こう説明して下さった。
(3) 安子、人の話にやたら言葉をさしはさむと、きらわれますよ。

## 練習問題〔四の(3)〕

（ ）内の動詞に、前項《ぜんこう》補助動詞「さす」を加えなさい。

1 水平線の空が赤く染《そ》まると、間もなく真っ赤な太陽が（昇《のぼ》る）て来た。
2 その店の前に（かかる）と、中から私を呼ぶ声が聞こえて来た。
3 この書類は、医者の証明書を添《そ》えて（出す）なければならない。
4 最高裁は、その事件を仙台地方裁判所に（戻《もど》す〈原型〉）、裁判のやり直しを命じた。
5 カナダでかいたスケッチです。よかったら（あげる）ましょう。
6 あんな大きな人間を、軽々と頭の上に（上げる〈終止形〉）んだから、さすが本場のプロレスラーだ。
7 「今日はバレンタインデーよ」そう言いながら、彼女《かのじょ》はチョコレートを私に（出す）た。
8 僕《ぼく》の月給かい。税金、保険料、積立金などを（引く〈受け身形〉）と、手元に残るのは、三十万とちょっとだ。
9 やあ、やあ、やあ、これは珍《めずら》しい！ クーパーは驚《おどろ》きの声をあげながら、田村の方に手を（伸《の》ばす）た。
10 これは、まだ正式に発表する段階ではない。新聞発表は（控《ひか》える）ていてもらおう。

### (4)　[つく原型＋動詞]

この補助動詞は、「対象の抵抗《ていこう》、また障害などをものともせず、その動作をする」、「力強く、勢いよく、その動作をする」という意味を表す。

a　[NP＋$V_1$（つく）＋$V_2$]　実際に手などで「ついて」動作 $V_2$ をするという強い意志性を表す。

(1) さすが横綱《よこづな》ですね。一突《ひとつ》きで相手を土俵《どひょう》の外に突《つ》き出してしまいましたね。

(2) あぶない!!　声を聞いたとたん、私はつき飛ばされていた。その男の人の決断がなかったら、私は車の下敷《したじ》きになっていただろう。

(3) 突然《とつぜん》地面の下から、つき上げられるような衝撃《しょうげき》を感じた。

b　[NP＋$v_1$（つく）＋$V_2$]　補助動詞「つく」は、a 意志性の動詞と結びついて、「勢いよく、動作 $V_2$ をする」ことを、b 無意志性の動詞と結びついて、「ある状態に力強さ、勢いを感じる」という意味を表す。

(1) 「人から誤解を受けるような物はもらうわけにはいかない」そう言って局長はその封筒《ふうとう》をつき返した。

(2) 子供は甘《あま》やかしてはだめ。つき放して育てなければいけない。

(3) 黒い板塀《いたべい》の上から、枝振《えだぶ》りのよい松《まつ》の枝《えだ》が道につき出ていた。

## 練習問題〔四〕の(4)

（　）内の動詞に、前項動詞《ぜんこう》「つく」を加えなさい。

1 子供達が遊んでいるなと思ったら、障子を（破る）てボールが部屋の中に飛《と》び込《こ》んで来た。

2 いや、全く北《きた》の灘《なだ》はすごい。一発で相手力士を（飛ばす）てしまった。

3 水を加えながら、これでセメントと砂をよく（混《ま》ぜる）てごらん。

4 食《く》い逃《に》げだって？ 太いやつだ。警察に（出す）てやれ。

5 お父さんなら、そこにあったげたを（かける）て出て行ったから、そんなに遠くじゃないでしょう。

6 毎日顔を（合わせる）て暮《く》らしていれば、いやなこともあるでしょう。

7 苦いけど、これを飲むとすぐ良くなる。そう言って父は、湯飲みを私の顔のそばに（付ける）た。

8 彼女はテーブルに（伏《ふ》す）てしまった。肩《かた》が小刻《こきざ》みに震《ふる》えていた。

9 父の書斎《しょさい》は、茶の間の縁側《えんがわ》を（当たる）て右へ折れた所にあった。

10 ボスは、かなりの札束《さつたば》を無造作《むぞうさ》にポケットに（込《こ》む）で、出て行った。

## 〔五〕完遂《かんすい》を表す後項《こうこう》動詞

### (1)［動詞原型＋とおす］

「とおす」は、基本的に「物事をA点からB点まで突《つ》き抜《ぬ》けて行き着かせる」という意味を表す。

## 〔NP＋$V_1$＋$v_2$（とおす）〕

「とおす」は、「ある行為・状態を終わりまで継続させる」という意味の継続《けいぞく》行為・反復《はんぷく》行為を表し、「最後までやりぬく」強い意志を表す場合が多い。文法的にはNPは$V_1$と結びつく。

(1) 人生は短いものです。憎《にく》みとおして過ごすには。(E. Dickinson)

(2) 書かれたものの分量があまりに多過ぎるので、一息にそこで読みとおす訳にはいかなかった。(『こころ』)

(3) 彼《かれ》は、最後まで譲《ゆず》らず、自説を押《お》しとおした。

## 練習問題〔五〕の(1)

文中の適当な動詞に補助動詞「とおす」を加えなさい。

1 最後まで相手チームに一点のシュートも許さず、ゴールを守った。

2 尾形光三《おがたこうぞう》は、小学校六年間無欠席でがんばって、表彰《ひょうしょう》された。

3 この株高がいつまで続くか、先を見ることはむずかしい。

4 パリ・ダマスカス四千キロレースで、ゴールまで走った車は数台に過ぎなかった。

5 祭りの間ずっとみこしをかついだものだから、今日は体中痛くて……。

6 この辺では、あまり雨が降らないんですが、いったん降りだすと、二十日間ぐらい降ることも珍《めずら》しくありません。

7 東京・名古屋間ぐらい新幹線で立ったって平気ですよ。

8 彼《かれ》は八年間も彼女《かのじょ》のことを想《おも》っていたんですって。信じられない。

9 中途《ちゅうと》で投げずに、最後までやる勇気をもってほしい。

10 二キロの遠泳コースを泳《およ》いで、褒美《ほうび》にこれをもらって来たよ。

## (2) [動詞原型＋ぬく]

「ぬく」は、「こちらから、あちらまで貫通《かんつう》する」という意味を表す。

a [NP＋$V_1$＋$V_2$（ぬく）] 具体的に㋑の部分を完全にぬいてしまう事を意味する。$V_1$ $V_2$ともに他動詞で、$V_1$はその取りさり方を表す。

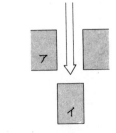

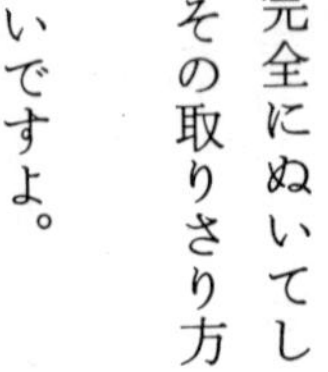


(1) 大切な記事は、切りぬいて保存しておくといいですよ。

(2) 四十雀《しじゅうから》の巣箱《すばこ》なら、三センチほどの穴をくりぬけばいい。

(3) Bチームは、四回戦まで勝ちぬいてきた。次は準決勝戦だ。

㋐から㋑を抜《ぬ》く場合、価値観による違《ちが》いが生ずる。(1)は㋑の部分に、(2)は㋐の部分に価値がある。また、㋐㋑の位置関係から、(3)のように「㋑が㋐の先に出る／を越《こ》す」の意味が出る。

b [NP＋$V_1$＋$v_2$（ぬく）] 「貫《つらぬ》く」という原義から「ぬく」は、1 意志性の動詞に付いて「最後まで完全に～する」ことを、2 無意志性の動詞について「最後の限界まで～する」「非常に～する」という意味を表す。

(1) 彼女《かのじょ》も悩《なや》みぬいたあげく相談しに来たんでしょう。かわいそうに。

(2) これは考えて、考えて、考えぬいて決めた事です。

(3) 何十年も勤めていた会社だから、内情は知りぬいていますよ。

自動詞の「ぬける」の用法は、空間相の〔八〕の(3)を参照してほしい。

## 練習問題〔五〕の(2)

（　）内の動詞に後項《こうこう》動詞「ぬく」を加えなさい。

1 佐藤君《さとうくん》は優秀な社員だから、他社が（引く）に来るんです。
2 佐藤君は（選ぶ〈受け身形〉）た我が社のエリート社員です。
3 巣箱《すばこ》の正面に当たる板に、直径《ちょっけい》三センチの穴を（くる）なさい。
4 大した腕《うで》だ。標的の真ん中を（撃《う》つ）ている。さすがだ。
5 長いから、自分に必要な条項《じょうこう》だけ（書く）ておけばいいでしょう。
6 コルク栓《せん》を途中《とちゅう》で壊《こわ》さないように、上手に（ひく〈可能・終止形〉）かな。喜代子ちゃん。
7 これは、トーナメント、つまり最後まで（勝つ）た人が勝ちという事だ。
8 こんなカーブで（追う）たら危ない。対向車にぶつかる危険がある。
9 どんな障害にも負けずに（やる〈終止形〉）ガッツのある人でなければ。
10 あの人とは、子供のころから一緒《いっしょ》で、お互《たが》い（知る）ているんです。

### (3) [動詞原型＋あげる／あがる]

**[NP＋$V_1$＋$v_2$（あげる／あがる）]**

a 「あげる／あがる」は、$V_1$の程度を高め、強めるという働きをする。

(1) この家の主婦は、食器《しょっき》棚《だな》を整理し、流しを磨《みが》きあげるその仕方から察するに、神経質なほどきちょうめんな性格らしい。

(2) 父親が珍《めずら》しく大声を出すと、生意気盛《なまいきざか》りの息子《むすこ》が縮《ちぢ》みあがった。

(3) 白昼、住宅街で撃《う》ち合《あ》いがあり、市民はふるえあがった。

b　動作・状態の程度が極限にまで高まり、終局をむかえることを表す。

(1) 論文は、今週中に仕上げる予定にしているんです。

(2) 髪《かみ》がきれいに結《ゆ》い上がって、すっかり花嫁《はなよめ》さんらしくなったね。

(3) 期限までに注文の品が仕上がるかどうか心配しているんです。

## 練習問題〔五の(3)〕

一　完了の意味を表す言葉を（　）に与えられた動詞を含む複合動詞を使って言い換《か》えなさい。

1 これは、北国の娘《むすめ》たちが、冬の間に丹精《たんせい》こめて完成させたものです。（織《お》る）

2 私は、自分の完成した論文に自信と満足とを持っていた。（書く）

3 江戸時代《えどじだい》の色を再現したという版画が出来たと、テレビで報じていた。（刷る）

4 出来た布地を見て、やっと自分の考えていた色が出たと、彼は満足した。（染める）

5 祖父が一代で作った会社を、中年にさしかかった父がつぶしてしまった。（築く）

6 今月いっぱいで終えてしまわないと、展覧会《てんらんかい》に間に合わない。（かく）

7 予定は二月だったが、五月になってやっと改訂版が完成した。（する）

8 もう出来たころだな。クッキーのいい匂《にお》いがしてきたよ。（焼く）

9 素人《しろうと》がこれだけの家を完成させたとは、たいしたもんだ。（作る）

10　『戦争と平和』を一週間で終わったって、威張《いば》っていたけど……。（読む）

二　文中の「あげる／あがる」の用法を述べなさい。A 空間的移動を表すか、B 程度を表す用法のaか、または、bか。

【答】【例】　彼《かれ》は、額《ひたい》に落ちかかってくる髪《かみ》を掻《か》きあげた。

A

1　白く砕《くだ》けあがる波の一つを見ても、冬の日本海は男性的だ。
2　小柄《こがら》なユキは、伸《の》びあがって長身の彼にキスした。
3　彼女《かのじょ》は、早く夫に先立たれ、女手一つで子供を一人前に育てあげた。
4　彼《かれ》は、家具屋へ行って、自分で工夫した通りに戸棚《とだな》を作りあげさせた。
5　これだけ人を動かし、時間を使ったのだから、製品コストがはねあがるのは当然だ。
6　つやつやと磨《みが》きあげた廊下《ろうか》は、歩くのが怖《こわ》いほどだった。
7　彼女は、立ち話を切り上げたいらしく、そわそわ目を周囲に走らせた。
8　七・七だから、○・五以上を切り上げると、八になるね。

三　（　）内の動詞に、「あげる／あがる」、「おわる／おえる」、「しまう」の中から適当な語を選んで加えなさい。次の三つを参考にしなさい。

歌いおわる――一曲の最初から歌い初めて、終わりまで歌うこと。
歌いあげる――歌う行為《こうい》を完成の域に高めようとする意識が働いている。

歌ってしまう——歌う行為の背景に何か心理的なものが強く働いている。また、歌うべき曲が一曲もなくなったこと。

1 おお、おお、立派に（書く）たね。これは立派な字だ！
2 映画を（見る）て外に出ると、もう真っ暗だった。
3 人が（話す）まで、口をはさまないで、ちょっと待ちなさい。
4 彼《かれ》は、埋《う》もれていた資料を駆使《くし》して、一つの論文を（まとめる〈原型〉）、世人を驚《おどろ》かせた。
5 これ、たった今（焼く）たパンです。おいしそうでしょう。
6 「五月に発売になった記念切手はありますか」「もう全部（売る）ました」
7 我々のチームは、Bグループで（勝つ）てきた大阪《おおさか》代表チームと対戦することになった。
8 新築した家のローンをすべて（払う）のは、二十年も先になる。

### (4) 〔動詞原型＋きる／きれる〕

「きる」は、「一続きの、一体となっている物・事柄に外部から力を加えて、断つ」こと、「きれる」は、「切《き》り離《はな》され、関係が断たれる」ことを意味する。

#### A 後項《こうこう》動詞としての「きる／きれる」

a 〔$NP+V_1+V_2$（きる／きれる）〕 ある対象を具体的に切り離すことで、$V_1$はその切り離しかたを示す。文法的に$NP$は$V_1$、$V_2$両方と結びつく。この形は「$V_1$テ型＋$V_2$」と言い換《か》えられる。「きる」は継続性《けいぞくせい》の動作、「きれる」は状態を表す。

(1) イソップの、ねずみが縄《なわ》を噛《か》みきってライオンを助けたっていう、あの話を知っているでしょう。

(2)　このシャツはずいぶん着たんだね。襟《えり》の所が擦《す》りきれている。

b　[NP＋$V_1$＋$v_2$（きる／きれる）]

1　物を切る事は、そこに一つの終結の状態をもたらすところから、「終結・完結」の意味を表すことになる。しかし、動作自体の終結よりも、数量的な終結を意味する場合が多い。そして、「数量が余って、すべてを～することが出来ない」という否定形で表現されることが多い。その場合状態を表す「きれる」が用いられる。

(1)　この鉄橋を列車がどのくらいの時間で渡《わた》りきるか計ってごらん。

(2)　この島をある会社が買いきって、大レジャー・ランドを作る計画があると聞いた。

(3)　朝のラッシュ時《じ》には、電車に乗りきれないで残る人がいつもいる。

2　「終結・完結」の意味から、「程度が百パーセントの限界に達する」、「完全に／充分に～する」という意味を派生する。この用法では、意志性の動作というよりも無意志性の状態であることを表す場合の方が多い。1の用法と紛《まぎ》らわしい点があるが、次のような違いがある。

「使いきる」

a　ある対象の全数量をすべて使うこと。

b　ある対象を自分の思うままに百パーセント自由に使うこと。

(1)　秋は気持ちがいいいね。澄《す》みきった青空、さわやかな月と星、そして、澄《す》みとおった虫のこえ。
(2) あの人は変わっていて、勝手なところがあるでしょう、私には付き合いきれませんね。
(3) 困難も、慣れてしまえば、仕舞《しま》いには何でもなくなるものだと、彼は信じきっていた。

## 練習問題〔五〕の(4)のA

一 文中の適当な動詞に後項《こうこう》動詞を加えなさい。数量を表す副詞は省き、可能の形の場合には「きれる」を使いなさい。

1 今度のコースは一キロだよ。おまえに全コース泳ぐ自信があるかい。
2 図書館からそんなに借りて来て、二週間で全部読めるのかい。
3 こんなにたくさん戴《いただ》いて、一人では全部食べられません。
4 「二千もの漢字を二年で全部覚えられるでしょうか」「弱気ですね」
5 子供達は、いつも全部干せないほどたくさん洗濯物《せんたくもの》を出すんです。
6 彼《かれ》は、不運にも持てる力をすべて発揮《はっき》できないうちに負けてしまった。
7 この神社の石段は三千段あるんです。全部一気に上《のぼ》るのは大変です。
8 そんなに両手で持てないほど、何を買って来たんですか。
9 「お茶と、卵と、パンと、猫《ねこ》の缶詰《かんづめ》と、……」「そんなに全部覚えられないよ。紙に書いてよ」
10 ぐずぐずしていると、向こうまで渡《わた》らないうちに信号が赤になってしまうわ。

二 文中の動詞で、その程度を強調した方がよいと思うものに「きる」を、否定の場合には「きれる」を加えなさい。

1　雪の中を歩いたので、すっかり体が冷えてしまった。
2　父は年《とし》を取っちゃって、このごろはすっかり母に頼《たよ》っているんです。
3　3824なら、4でも8でも割れるでしょう。
4　子供達は、勇んで富士登山に出掛《でか》けたが、夕方疲《つか》れて帰って来た。
5　すごくいい所だが、ここから会社までは遠くてとても通えない。
6　彼《かれ》は、見知らぬ土地で道に迷《まよ》い、困って交番に駆《か》け込《こ》んだ。
7　生き返りました。冷えた体には、火が何よりのごちそうです。
8　ほらほら、車が完全に止まらないうちにドアを開《あ》けたらだめだよ。
9　あまりスピードを出し過ぎていたので、カーブが充分《じゅうぶん》に曲がれなかったんでしょう。
10　あの蛇《へび》のような男から、逃《に》げられると思っているんですか。

三　次の動詞の中から適当なものを選び、複合動詞の形にして（　　）の中に入れなさい。

打つ　かかる　言う　張る　振る

1　父はもう年だが、若い者に負けないくらい（　　）て働いている。
2　母は、お客の食事の準備に（　　）ていたので、私が部屋の掃除《そうじ》を受け持った。
3　志津子《しずこ》が必死に止めたのに、夫は（　　）て山へ出て行ってしまった。
4　遭難《そうなん》した漁船の捜索《そうさく》は、悪天候のため一応（　　）〈受け身・終止形〉ことに決した。
5　私の問いに、彼《かれ》はそうではないと強い調子で（　　）ました。

## B

### 前項《ぜんこう》動詞としての「きる」

a この形は、具体的に「切る」という意図的動作が対象に及《およ》ぶことを表す。$V_2$は対象の処理の仕方を示す。NPは$V_1$ $V_2$両方と結びつく。

(1) 良質の杉《すぎ》の木を育てるには、定期的に枝《えだ》を切り落とさなければならない。
(2) ブラジリアは、ジャングルを切り開いて造られた都市である。
(3) この電車の後部二両は、次の駅で切り離《きはな》されます。

b ［NP＋$v_1$（きる〈原型〉）＋$V_2$］ 補助動詞「きる」は、今まで続いてきた行為《こうい》・状態を断ち切って区切りをつけ、新たな段階に入ることを表す。NPは、$V_2$と結びつく。

(1) 政府は、経済状態が悪化したため、為替《かわせ》レートを切り下げることを決定した。
(2) 今日はもう遅《おそ》くなったから、この辺《へん》で仕事を切り上げましょう。
(3) 私は、肝腎《かんじん》の用件をどのようにきり出したらいいかまよった。

## 練習問題〔五の(4)のB〕

文中の適当な動詞に前項《ぜんこう》動詞「きる」を加えなさい。

1 木材を出した山には、また新たに苗木《なえぎ》を植えていくのです。
2 私はシャツを裂《さ》いて、少女の傷口を縛《しば》ってやった。
3 父は病院で胃を三分の二取ってしまったが、手術後の経過もよく、じきに退院出来るとの事である。
4 探検隊は、背丈《せたけ》ほどもある茂《しげ》みを払《はら》いながら、ジャングルの奥深《おくふか》く入って行った。

5　「清ちゃんのおかっぱ頭の髪《かみ》を揃《そろ》えるぐらいお父さんにでも出来るよ」「いやだ。お父さん、ぶきっちょなくせに」

6　四月一日から電車の時間表が替《か》わったから、気をつけなさい。

7　生活費を詰《つ》めたのだが、どうしてもアルバイトをしなければやって行けないんだ。

8　彼《かれ》は、幾多の困難に遭《あ》いながら、いつもそれをうまく抜《ぬ》けて来た。

9　その会社は、エレクトロニクスの新分野を開《ひら》いて、業績を上げた。

10　七五・三％ですか、じゃ、小数点以下を捨てて、七五％でどうですか。

## (5)　[動詞原型＋つくす]

「あるものすべてをなくす／すべてがなくなる」ことを意味する「つくす」も後項《こうこう》補助動詞として複合動詞を形成する。

### [NP＋$V_1$＋$v_2$（つくす）]

この形は、「ある限りのもの——対象——が無くなって、終わりになる」という意味を表す。$V_1$は、対象NPの処理を表す。

(1)　三十年ぶりで旧友と再会して、大いに話した。いくら語っても語りつくせない思いだった。

(2)　ルーブルには、素晴らしいものが実《じつ》にたくさんある。一週間や二週間ではとても見つくせない。

(3)　碁《ご》を始めて六十年、この布石《ふせき》はすべて知りつくしている。

ここまで、いくつかの終結・完了を表す動詞を見てきたが、ここで関連する動詞を比べてみよう。

コースを走り終わる――定まった時間・距離《きょり》を走る行為《こうい》が終わる事。
コースを走り切る――全行程を走って行為《こうい》の区切り・けじめを付ける事。
コースを走り通す――途中《とちゅう》で放棄《ほうき》することなく全行程を走る事。
コースを走り抜く――何等かの障害・故障を冒《おか》して全行程を走る事。
コースを走り尽《つ》くす――複数のコースをすべて走り、もう走るコースが外にない事。
コースを走ってしまう――走り終わったことを心理的に評価する事。

## 練習問題〔五〕の(4)

（　）内の動詞に、次の語群の中から適当な補助動詞を選んで加えなさい。

とおす　つくす　きる　ぬく

1 もっと早く冷凍庫《れいとうこ》から出せば良かったわ。この肉はまだ（溶《と》ける）ていないわ。
2 皆《みな》で（考える）で決めた事です。今さら変更《へんこう》することは出来ません。
3 座禅《ざぜん》は初めてだったんです。なんとか三十分（座る）たけれど、終わった時には足の感覚がなくなって立てませんでした。
4 佐藤次官《さとうじかん》自身には、病《やまい》をおして会談の席に加わるのが無理だということは（分かる）ていた。
5 この木はまだ（枯《か》れる）ていない。助かるかもしれない。
6 その大噴火《だいふんか》による火山灰を浴びて、周辺の木はすべて（枯れる）た。
7 外はまだ暗く（なる）ていなかった。空にはほんのりと明るさを残していた。

8 「秋の夜長を（鳴く〈終止形〉）ああ面白い虫の声」
9 父は私の心をよく（見る）ているらしいから、ごまかしはきかない。
10 競技が終わると、彼は全エネルギーを（出す）たといった顔で、地面に伸《の》びてしまった。

## 〔六〕 再行、習慣を表す後項《こうこう》動詞

### (1) [動詞原型＋なおす]

[NP＋$V_1$＋$v_2$（なおす）]

この形は、「一度行った行為《こうい》が満足すべきものでなかったため、再度行って、目的を達成しよう」という意図的な行為を表す。$V_1$は、意志性の繰《く》り返しのきく動作動詞が主である。

(1) 包帯がゆるんできたんだけど、巻きなおしてくれませんか。
(2) 「じゃ奥さんは先生をどのくらい愛していらっしゃるんですか」「何もそんな事を開きなおって聞かなくってもいいじゃありませんか」（『こころ』）
(3) 私が客間に入ると、彼女《かのじょ》は座りなおして丁寧《ていねい》に挨拶《あいさつ》した。

### 練習問題〔六の(1)〕

文中の適当な動詞に「なおす」を加えなさい。

1 古いビルを明るい色で塗《ぬ》ったら、見違《みちが》えるほど立派になった。
2 何度計算しても、違《ちが》った答が出てくるんだから、いやになっちゃう。
3 今電話したらお話中だったので、また後で掛《か》けてみます。

4 まだ早いですよ。外の店へ行って飲みましょうよ。
5 大切な所を見過ごしているよ。もう一度今の所を読んでごらん。
6 こんな仕事じゃだめだね。もう一度やってごらん。
7 まだ四時じゃないか。起きるには早すぎるな。もう一度寝《ね》るかな。
8 今日は休館日ですか。仕方がない。また出てきましょう。
9 家も古いし、家族も増えたし、この際新しく建てることにしました。
10 せっかく風邪《かぜ》が治りかけていたのに、また改めて引いたみたい。

## (2) 〔動詞原型＋かえる／かえす〕

「かえる、かわる（変、替、…）」は、「状態や質を別のものに入れ換え、変わらせる」ことを、「かえす、かえる（返）」は、「物事や状態を、もとの所・状態へもどす」ことを表す。どちらも「なおす」と共通する点がある。

### A 〔NP＋$v_1$＋$V_2$（かえる／かわる〈変、替、…〉）〕

他動詞「かえる」は、前と異なったものにするという意図的行為《こうい》を表す。NPは$V_2$と結びつき、$v_1$はそのかえ方を表す。「なおす」は、「修正する」ことを、「かえる」は、「異なったものにする」ことを表すところに相違点がある。

(1) この掃除機《そうじき》も古くなったから、新しい性能のいいのに買いかえよう。
(2) 壁紙《かべがみ》を張りかえて、部屋の雰囲気《ふんいき》を一新しようと思っている。
(3) 買う時気付かなかったきずを見付けたので、取りかえてもらった。

## B ［NP＋$V_1$＋$v_2$（かえす／かえる〈返〉）］

「かえす」は、他動詞と結びついて反復・繰《く》り返しの動作を表す。「なおす」とあい通じる点があるが、「かえす」は、改善・修正の意味を含《ふく》まない。この繰り返しの意から、「程度が激《はげ》しい」という意味を派生するが、この用法では、自動詞「かえる」が使われる。なお空間の移動の「かえす／かえる」は、空間相の部〔八〕を参照してほしい。

(1)　何年かたって読みかえしてみると、前に気付かなかった事を色々発見して楽しいものです。
(2)　あの時は本当に恥《は》ずかしかった。今思いかえしても顔が赤くなる。
(3)　雪がしんしんと降《ふ》り積もり、北国の夜は死んだように静まりかえっていた。

## 練習問題〔六の(2)〕

（　）内の動詞に、「なおす」、「かえる」、「かえす」、「かわる」のうちから適当なものを選んで後《こう》項《こう》動詞として加えなさい。

【例】(1)　靴下《くつした》が裏返しですよ。（履《は》く）なさい。
(2)　お葬式《そうしき》に靴下《くつした》が白じゃおかしいですよ。黒いのに（履く）なさい。
【答】(1)　履《は》きなおしなさい。
(2)　履きかえなさい。

1　「このずぼんじゃみっともないかな？」「そうね、（はく）たら？」
2　ポスターがはがれていますね、ちゃんと（張る）ましょう。
3　風呂場の色を（塗《ぬ》る）たら、すっかり気持ち良くなりましたね。

4 「おや、帰ったんじゃなかったの？」「（考える）て途《と》中《ちゅう》から戻《もど》って来ました」
5 だれかガスを消し忘れたな。お湯が（沸《わ》く）ているじゃない。
6 これは、生放送ですから、（やる〈終止形〉）ことはできません。
7 （乗る〈終止形〉）時間が二分しかないんだけど、大丈夫かしら。
8 この子は、今ちょうど永久歯と（生《は》える〈終止形〉）時期なんですよ。
9 久雄ちゃんはもうこんな難しいものを読んでいるの？（見る）たね。
10 葬式《そうしき》の最中に当の本人が（生きる）っちゃったんだから、大騒《おおさわ》ぎですよ。
11 医者が死亡診断書《しぼうしんだんしょ》を書いて三日後に息を（吹《ふ》く）たというんですから、全くの奇跡《きせき》ですね。
12 みんな（あきれる）て、大きな口をあけたまま何も言えないんですよ。

## (3)〔動詞原型＋つける／なれる〕

「つける」は、二つのものが一体化するという基本義から、「動作・仕方などが心身に離《はな》れなくなる」という「なれる」と近い状態を表す。

### A〔NP＋$V_1$＋$v_2$（つける）〕

この形で、「つける」は「$V_1$の動作が身についている」という状態を表す補助動詞として働いている。文法的にNPは$V_1$と結びつく。動作の習慣性を表すため、「～ている」の形が普通《ふつう》である。

(1) こういう物はふだん食べつけていないから、おなかが驚《おどろ》いている。
(2) 和服は、普段着付けていないでしょう、たまに着ると動きにくいものですね。
(3) 彼《かれ》は、こういうものは長年扱《あつか》いつけているから安心だ。

**B ［NP＋$V_1$＋$v_2$（なれる）］**

補助動詞「なれる」は、度々の経験$V_1$によって対象Nに順応し、近しい感じをもつようになるという意味を表す。前項《ぜんこう》動詞を一応主動詞（V）としてあるが、実際は、表層文で対象は前項《ぜんこう》・後項《こう》いずれの動詞とも直接結びつきにくい。［Nは〔$V_1$＋つける〕］、［〔$V_1$＋つける〕N］の形の方が普通である。

そのはさみを使う → ? そのはさみを使いなれている
そのはさみになれる → *そのはさみに使いなれている

(1) 一夜にして積もった雪で、日ごろ通いなれた道がまるで見知らぬ町に来たように見える。
(2) 長く歩く時は履《は》きなれた靴《くつ》を履いて行った方がいい。
(3) 住みなれた郷里を出ていくなど、父には考えられない事だった。

「つける」と「なれる」は、意味・用法とも似通《にかよ》っているが、前者は、「たび重なる経験によって、動作が身につく」こと、後者は、「たびたび経験することによって、肉体的・精神的に対象に慣れる」ことを表す。

## 練習問題〔六の(3)〕

（　）内の動詞に、「つける」か「なれる」を加えなさい。動作自体に注目されていたら「つける」を、対象自体に焦点《しょうてん》が置かれている場合には「なれる」を加えなさい。

1　ベッドが変わると寝られない人がいるが、椅子《いす》も（座る）たのでないと落ち着かないものだ。

2 マスターは？　カウンターの向こうに（見る）た顔がないと寂《さび》しいね。
3 「げたを履《は》いてみたんですが、すぐ脱げてしまうんです」「それは、（履く）ないからですよ」
4 いよいよ卒業です。この（見る）た景色ともいよいよお別れです。
5 私は、ああいう老人は（扱う）ていなかったもんですから、まごついてしまいました。
6 このおじいちゃんは私が（扱《あつか》う）ているから、私に任せて下さい。
7 私は、こういう店には（入る）ていないから、ちょっと入りにくいです。
8 人の万年筆じゃ書きにくい。やはり（書く）ているのでないとね。
9 いよいよ引《ひ》っ越《こ》しだ。（住む）た家を去るのはちょっと心残りだ。
10 まだ新しいから、体になじまないでしょうが、（着る）と、このジャケットは着やすいですよ。
11 人参《にんじん》ジュースも（飲む）と、おいしいですよ、ちょっと苦味があって。
12 （やる）ない事をしたから、今日は節々《ふしぶし》が痛くて。

## 〔七〕　失敗、難易《なんい》を表す後項《こうこう》動詞

### (1)　［動詞原型＋わすれる］

「忘れる」の基本的な意味は、「うっかりと気づかずに過ごす、また一つの事に夢中になって外《ほか》の事に気がつかない」である。

**［NP＋$V_1$＋$v_2$（わすれる）］**

後項動詞として「わすれる」は、意志性の動詞について、瞬間性《しゅんかんせい》の複合動詞を作る。この動詞の本来の意味から言えば、「〜する事を忘れる」(to forget *to do*) ことも、「〜した事を忘れる」(to forget doing）こともありうるはずだが、複合動詞に組み込《こ》まれると「～する事を忘れる」という意味を表す方に傾《かたむ》くようである。この複合動詞の構文は「～する（した）こと／のを忘れる」に言い換《か》えることができる。

(1) しまった。また今日も手紙を出しわすれちゃった。
(2) 「遅《おそ》かったね、どうしたの」「目覚ましを掛《か》けわすれたんだ」
(3) 大変！ お風呂《ふろ》の水を出しわすれていて溢《あふ》れちゃったわ。

## 練習問題〔七の(1)〕

（ ）内の表現を［動詞原型＋わすれる］の形に言い換《か》えなさい。

1 きのうの晩目覚ましを（かけるのを忘れて）、今日はこのとおり、遅刻《ちこく》です。
2 「全部で五人ですね」「あなた自分を（数えるのを忘れて）いるじゃない」
3 一日ぐらい花に水を（やるのを忘れて）も大丈夫でしょう。
4 「きのうこの窓を（閉めるのを忘れた）でしょう」「ちゃんと閉めましたよ。どろぼうかしら」
5 何か忘れたと思ったんだけど、やっぱりひげを（そることを忘れて）いた。
6 小鳥にえさを（やることを忘れて）、かわいそうな事をしました。
7 「番地を（書くのを忘れた）ので、手紙が戻《もど》って来てしまった」「私はよく切手を（はるのを忘れる）んです」
8 このレモンを冷蔵庫に（入れるのを忘れて）いたので、だめになってしまいました。
9 ストーブの火を（消すことを忘れたら）大変ですよ。気を付けて下さい。

10　眼鏡《めがね》をどこかに（置いたことを忘れ）たんだけど、京子ちゃん、見なかった？

(2)　［動詞原型＋そこなう］

［NP＋$V_1$＋$v_2$（そこなう）］

この動詞の基本義は、「いためる、悪い状態にする」であるが、補助動詞としての「そこなう」は、A 普通、意志性の動詞について「ある動作をしながら、またする意志を持ちながら、その動作を全《まっと》うできない、しくじる」、B 無意志性の動詞について「あやうく～しそうになる」という瞬間性《しゅんかんせい》の複合動詞を作る。

a　実際にある行動をしながら、失敗する、誤ってある動作をする事を表す（to make a mistake in doing～）。

(1)　それはご覧になっては困ります。ぜんぶ書きそこなったものですから。いい字を書くのはむずかしいものですね。

(2)　「また事故ですね」「ここは、よく曲がりそこなってガードレールにぶつかる車が多いんですよ」

(3)　失敗したね。買いそこなったね。この車は故障ばかりしている。

b　ある動作をする意志がありながら、暇がなかったり、支障ができたりしてできなかったことを表す（to miss a chance to do～）。

(1)　あのコンサートを聞きたかったんですが、忙《いそが》しくてとうとう行きそこなってしまいました。

(2)　君がぐずぐずしているから、乗りそこなってしまったじゃないか。

(3)　「彼《かれ》、五十センチもある鯉《こい》を釣《つ》りそこなったって、残念がっていましたよ」「逃《のが》した魚は大きいと言うからね」

この補助動詞は、「偶然《ぐうぜん》、また自分の不注意・怠慢《たいまん》で「危《あや》うく～しそうになるが、運良く免《まぬか》れる」という意味を表すことがあるが、形としては「もう少しで～するところだった」、「危うく～しそうになった」の方が使用度は高い。

(1)　「犬をひきそこなったんですって?」「突然《とつぜん》飛び出して来たんでね、もう少しでひくところでした」

(2)　「雪道でころんじゃった」「今日は、私もころびそこなってひやっとしましたよ」

## 練習問題〔七の(2)〕

（　）内の動詞に「そこなう」を加えなさい。

1　また（書く）た。何度書いてもいい字が書けない。

2　彼《かれ》は、シュート（する）たと言って、さかんに悔《くや》しがっていた。

3　今日はだめだ。タイプを（打つ）てばかり。少し休もう。

4　少しぐらい（言う）ても、恥《は》ずかしがってはだめです。

5　「儲《もう》かったかい」「だめ、だめ。（儲ける）たよ」

6　彼はもっと有能な男だと思っていたが、僕《ぼく》が（見る）ていたようだ。

7　「どうしたんですか」「階段を（踏《ふ》む）てね、足をくじいたんです」

8 「事故ですか」「スピードを出し過ぎて、カーブを（曲がる）たんだ」
9 宝くじは、きのうまでだったんですか。しまった。（買う）たな。
10 疲れていたんですね。つい寝込《ねこ》んでしまって、（降りる）たんです。
11 朝から人が入れ代わり立ち代わり来ていて、とうとう朝飯を（食べる）たという訳《わけ》です。
12 ラケットに（当たる）たボールが、とんでもない方向へ飛んで行った。

「そこなう」には、いくつかの類義語があるので、比べてみよう。

1 「まちがえる／ちがえる」——二者AとBとの間でうっかり、気付かずに選択《せんたく》を誤ることを意味する。

2 「あやまる」——うっかりAとBをとりちがえる。失敗を本人の責任とする気持ちが強いが、あまり生産性はない。

(1) 四日と八日と聞きまちがえた／ちがえたんです。
(2) 「じょうず」（上手）と読むところを、「うわて」と読みちがえて笑われました。
(3) すっかり見ちがえちゃったわ。一年でこんなに大きくなるのね。
(4) 仲間のハンターを熊《くま》と見あやまって撃《う》ってしまった。

この二つと比べると、「そこなう」は、A、B間の選択《せんたく》がない場合がある点が違《ちが》う。「字を書きまちがえた／あやまった」は、Aと書くべきところBと書いたり、誤字を書いたりしたことを意味するのに対し、「字を書きそこなった」は、Aの字を書いたが、うまくいかなかったという意味を表す。この意味では、「聞き損ずる」とも言えるが、これは文語的な表現である。また、「その人の名前を聞きちがえた／あやまった」と言えば、名前を取り違えて聞いたことであり、「～聞きそこなった」と言えば、うっかり聞くのを忘れたということを意味するであろう。この意味では、外《ほか》に、「聞きおとした」、「聞きもらした」のような補助動詞であるが、ともにあまり生産性は高くない。

## (3)　［動詞原型＋すぎる］

### ［NP＋$V_1$＋$V_2$（すぎる）］

補助動詞として「すぎる」は、自動詞であるが、文中の数量の概念《がいねん》を修飾《しゅうしょく》する副詞的働きをしている。その表す意味は、「ある状態・動作が、適当と思われる数量・程度を越える」である。行《こう》為者《いしゃ》がコントロールできないから（やり）過ぎるのであるところから、この複合動詞は、行為者の意志でコントロールできない状態を表す。$V_1$は、自動詞・他動詞、意志性・無意志性いずれも可能。またイ形容詞・ナ形容詞との結合もあり、造語力の大きい動詞である。

(1)　このクッキー、おいしくてつい食べすぎちゃうんです。

(2)　愛はガラスだ。いいかげんにつかんだり、しっかりつかみすぎたりすると割れる。

(3)　始終接触《せっしょく》して親しくなりすぎた男女の間には、恋《こい》に必要な刺激《しげき》の起こる清新《せいしん》な感じが失われてしまうように考えています。（『こころ』）

$V_1$が数量・程度という「はば」を表さない種類のものは、数量・程度を示す副詞を付加しなければならない。「過ぎる」とは、量・程度が過ぎるのであるから、「すぎる」が修飾《しゅうしょく》すべき副詞が表出していなければならない　副詞が表出していない場合、「すぎる」は、その動作の行為者による繰《く》り返《かえ》し、また行為者が複数であることを表すことになる。

客が来すぎる――客が多く来すぎる ↓ 来る客が多すぎる

彼女は出歩きすぎる――出歩く回数が多すぎる

## 練習問題〔七の(3)〕

一 文中の適当な動詞に「すぎる」を加え、不要と思われる副詞は省きなさい。

1 あまりたくさん着ると、かえって風邪《かぜ》をひきますよ。

2 今年は多く収めた税金が返《かえ》って来たんです。嬉《うれ》しくて。

3 外国語を話す時は、あまり色々考えないようにしたまえ。

4 あの子、そこまでパンを買いに行ったのに、ちょっと時間が長くかかるわね。

5 二日酔《よ》いですか。きのうたくさん飲んだんでしょう。

6 あの奥さん、睡眠薬をかなり飲んだそうですよ。自殺しようとしたのかしら。

7 暑いからって、冷たいものをあまり飲むと、おなかをこわしますよ。

8 今日の作文には間違いがたくさんありますね。どうかしたんですか。

9 お母さん、あまり心配すると、髪が白くなりますよ。

10 ちょっと早く来てしまいましたね。まだ誰もいませんね。

二 次の状態の時どう言うか、補助動詞「すぎる」を使って答えなさい。

【例】 まっすぐ歩けない程酒の量を過ごした場合

**【答】**　お酒を飲みすぎた。

1　腹八分目《はちぶめ》を越《こ》え、食物を必要以上にとること。（　）
2　年齢、身長に合った脂肪《しぼう》を越《こ》えている状態。（　）
3　うっかり目的地を通り越《こ》した場合。（　）
4　一日のタバコの本数が五十本、六十本を越える時。（　）
5　トラックの荷が規定の量を越えている時。（　）
6　エレベーターなどで、人が定員以上になった場合。（　）
7　風呂《ふろ》の温度が上がって、入れないほどになった場合。（　）
8　正しい答えと掛《か》け離《はな》れている場合。（　）
9　起きるべき時間を越えて、遅《おそ》く起きること。（　）
10　ある道路の制限速度を越えて走ること。（　）
11　高校生にしては、知識が異常に少ないと思われる場合。〈否定形〉（　）

## (4)　［動詞原型＋うる／かねる］

「うる（得る）」は、可能の意を表す「える（う〈古〉）」の連体形——え、え、う、うる、うれ、えよ……であるが、終止形として使われ、後項《こうこう》補助動詞の働きをする。否定の「ない」は、未然形の「え」に続く。

### A　［NP＋$V_1$＋$v_2$（うる）］

「うる」は、文語的表現であり、主に書き言葉として使われる。$V_1$には［漢語＋する］形の動詞が多く見られ、文法的にNPは$V_1$と結びつく。

(1) 香《こう》をかぎうるのは、香を焚《た》きだした瞬間《しゅんかん》に限るごとく、酒を味わうのは、酒を飲み始めたせつなにある。(『こころ』)

(2) 私を生んだ私の過去は、人間の経験の一部分として、私より外《ほか》に誰も語りうるものではないのですから……。(『こころ』)

(3) インド的思考では、世界を構成する要素は、無限に分解しうるとされている。

## B 〔NP＋$V_1$＋$v_2$(かねる)〕

この「かねる」は、「併《あわ》せもつ」等の意味を表す本動詞「兼ねる」とは異なった用法の語で、「~しかねる」の形で、「主体が~しようとしても精神的に不可能・困難である」という意味を、また、「しかねない」の形で、「~する恐《おそ》れがある」という意味を表す。NPは文法的に$V_1$と結びつく。これも、「うる」と同様、改まった文語的表現である。

(1) その点に関しましては、ただ今ここでは即答《そくとう》いたしかねますので、後日改めまして……。

(2) さあ、遠慮《えんりょ》なく上がりたまえ。皆君《みな》を待ちかねていたんだぞ。

(3) このまま放置すると命取りになりかねません。早く処置した方がいいでしょう。

## 練習問題〔七の(4)〕

傍線部《ぼうせんぶ》を、8までは「うる」、9からは「かねる」を使って、言いなおしなさい。

1 日本では、必ずしも統率能力、指導力のない者でも大集団の長になることができる。

2 党員たちは、政策を決行できなかった党執行部《とうしっこうぶ》の態度に不満をもっていた。

3　神は、目に見えない、実感として知ることのできない存在である。

4　天使の翼《つばさ》は、機能の点から見て、まったくあるはずのないところに付いていると言える。

5　その亀裂《きれつ》は、気付かずにいれば、大事故につながる可能性のあるものであった。

6　父と叔父《おじ》との間で、良恵《よしえ》を私の嫁《よめ》にするという話をしたというのもありそうな事と考えた。

7　私は、世の中には信用するに足るものが存在することはないと、その時まで思っていた。

8　あの人は、人間を愛することができる人、愛せずにはいられない人でした。

9　いつもお世辞ばかり言う人、こういう人とは付き合うことは難しいです。

10　はっきり断らないと、遠慮《えんりょ》していると取られる恐《おそ》れがあります。

11　新米《しんまい》お父さんが、泣き出した赤ちゃんを扱《あつか》うのが難しくてまごまごしている。

12　銀行のキャッシュカードを、うっかり磁気を帯びた物のそばに置くと、カードの中のデータが消去されるおそれがありますからご注意を……。

13　乙女座《おとめざ》の人の今月の運勢——何事《なにごと》もリラックスムードで取り組みましょう。でないと、つい人と衝突《しょうとつ》したり、物をこわしたりするようになるかもしれません。

14　あの人のことですから、社長に文句を言うぐらいのことはするかもしれませんね。

15　ドラム缶《かん》一本分の温泉を配達いたします。ただし、効能別のご注文には応じられません。

# 第四章　[名詞・副詞＋動詞]

## 〔一〕 [名詞＋動詞]

### A　複合語の構造

この複合語は、すべて日本語の[名詞句＋動詞]の統語規則によって構成されている。これらの複合語は、内部構造から見て、次の三種に大別することが出来る。

a [NをV]

裏を返す→裏返す (to turn inside out)

気を遣《つか》う→気遣《きづか》う (to be concerned)

力をつける→力づける (to give vigor)

骨を折る→骨折る (to take trouble)

b [NがV]

腹が立つ→腹立つ (to get angry)

片がつく→片づく (to be settled)

年が寄る→年寄る (to become old)

目が覚める ↓ 目覚める（to wake up）

c ［N に V］

旅に立つ ↓ 旅立つ（to start on a trip）

心にかける ↓ 心がける（to bear in mind）

役に立つ ↓ 役立つ（to be serviceable）

背に負う ↓ 背負う（to carry on one's back）

他に「むちで打つ↓むち打つ」、「裏から切る↓裏切る」のように、「に」以外の助詞も現れるが、その数は少ない。

右に見られるように、複合化されるとNとVとを結ぶ助詞は両者の関係を暗示しながらも表面からは消失する。したがって、現在の複合語から、元の形を還元《かんげん》しようとした場合、現代語では非文法的（＝そのままの形では用いられない）となるものが少なくない。cf. ＊裏から切る

## B　文中での働き

この複合語も、他の複合動詞［動詞＋動詞］と同様に一つの動詞として働き、独自に名詞句をとることが出来る。名詞句と複合動詞との関係は次の三種が主なものと見られる。

a　N を ［n＋v］——名詞 を ［名詞＋動詞］

b　N が ［n＋v］——名詞 が ［名詞＋動詞］

c　N に ［n＋v］——名詞 に ［名詞＋動詞］

a　［N を ［n＋v］］　複合動詞［n＋v］が対象Nを目的語としてとる形であるが、この形

を元の形に還元《かんげん》した場合、複合語内部のnとvとの文法的関係によって、Nと〔n＋v〕との結びつきは、次のように分類される。

1　［〔Nのn〕をv〕↓［Nを〔n＋v〕］
［女性の絵］をかく↓女性を［えがく］
［将来の夢］を見る↓将来を［夢見る］
cf.［日本語の勉強］をする↓日本語を［勉強する］

2　［Nにnをv］↓［Nを〔n＋v〕］
友に力をつける↓友を［力づける］
病人に気を遣《つか》う↓病人を［気遣《きづか》う］
この構文で、［Nに～］と「Nを～」とを比べた場合、対象Nを直接目的語としてとる「を」の構文の方に、動作主の意志がより強く働いていると見られる。

3　［Nをnにv］↓［Nを〔n＋v〕］
この形では、nは場所・手段・動作のより所を表す。
子供を背に負う↓子供を［背負う］
花を手に折る↓花を［手折《たお》る］

b　［Nが〔n＋v〕］　これは、［主語・主題N＋複合動詞］の形をなしており、複合動詞内部のnとvとの関係は、aの場合とほぼ同様、「を、が、に」が主である。

1　［Nは／がnがv］↓［Nは／が〔n＋v〕］

布は／の色があせる↓布が［色あせる］
椿《つばき》は／の芽が生える↓椿が［芽生《めば》える］

2 ［Nは／がnをv］↓［Nは／が〔n＋v〕］
雛鳥《ひなどり》が巣《す》を立つ↓雛鳥が［巣立《すだ》つ］
心臓が脈を打つ↓心臓が［脈打つ］

3 ［Nは／がnにv］↓［Nは／が〔n＋v〕］
辞書が役に立つ↓辞書が［役立つ］
若者が世に慣れる↓若者が［世慣れる］

c ［Nに〔n＋v〕］

1 ［Nにnをv］↓［Nに〔n＋v〕］
椅子《いす》に腰を掛ける↓椅子に［腰掛ける］
支度《したく》に手間をとる↓支度に［手間どる］

2 ［Nにnがv］↓［Nに〔n＋$v$〕］
異変に気が付く↓異変に［気付く］
失敗に目が覚める↓失敗に［目覚める］

(1) その中からチョコレートを塗《ぬ》ったとび色のカステラを出してほお張った。（『こころ』）
(2) 私は、万一の事を気遣《きづか》って病人のそばに付いていていた。

(3) ちょっと金が入用な事が出来まして、あの絵を手放してしまったんですよ。

(4) 彼《かれ》の無罪を裏付ける証拠《しょうこ》が新しく出たのですか。

## 練習問題〔一〕のA・B

一　次の複合動詞を［名詞＋助詞＋動詞］の形になおしなさい。

【例】気づ（付）く

【答】気がつく

1 調子づ（付）く
2 息づ（詰）まる
3 先だ（立）つ
4 楯《たて》つ（突）く
5 並はずれる
6 活気づ（付）く
7 口ばし（走）る
8 脈う（打）つ
9 欲ば（張）る
10 片づ（付）ける
11 傷つ（付）く
12 腹だ（立）つ
13 役だ（立）つ
14 目だ（立）つ
15 年よ（寄）る
16 色あせる
17 威《い》ば（張）る
18 旅だ（立）つ
19 骨お（折）る
20 手間ど（取）る
21 景気づ（付）く
22 型ど（取）る
23 裏がえ（返）す
24 手なれる
25 手わた（渡）す
26 相手ど（取）る
27 冬が（枯）れる
28 人里《ひとざと》はなれる
29 気づか（遣）う
30 元気づ（付）ける

二　次の句を複合動詞を使って言い換《か》えなさい。

【答】【例】 事実に気がつく
事実に気づく

1 シャツの色があせる
2 市場に活気がつく
3 チームに調子がつく
4 仕事の片がつく
5 六時に目がさ(覚)めた
6 何かの役にたつ
7 会社を相手にとる
8 ヨーロッパの旅にたつ
9 千円値をひ(引)く
10 人の心に傷をつける
11 セーターの裏をかえ(返)す
12 特定の人の名をさ(指)す
13 かえで(maple)が色がついた
14 息がつまる(ような)熱戦
15 家を手からはな(放)す
16 五千万円の負債《ふさい》を背にお(負)う
17 つばき(camellia)の根がついた
18 連絡の途《と》がた(絶)える
19 一段と彼女の美しさが目にたつ
20 カルデラ(caldera)湖の形をつくる

三 傍線部《ぼうせんぶ》の語句を複合動詞にかえなさい。

1 こんな所にこんな店があったんですね。全然気が付きませんでした。
2 これから六月までは一番気楽な時ですね。ことによると生涯《しょうがい》で一番気楽かも知れない。精を出して遊びたまえ。(『こころ』)
3 子供達は、夏休みまで後何日、何日と指を折って(原型)数えている。
4 りえさんは良い所へ片が付きなさって幸せだ。うちのは全然嫁《よめ》に行く気にならなくて。

5 耳に慣れない声だと思って出てみたら、何年も会わないいとこが玄関《げんかん》に立っていた。
6 雪が降って、神社の杉木立《すぎこだち》がそこだけ黒く目に立ち始めた。
7 裏を返すと、紙面いっぱい新型車の広告で占《し》められていた。
8 あの男の首を切るのは忍《しの》びないが、何とか助ける手だてはないかね。
9 人間は神のかたをとって作られたと言われている。芸術家たちは神の存在を実感として受け止めるために、人間のかたをとって神を表現するより仕方がなかった。
10 卵をボールで充分《じゅうぶん》泡《あわ》を立て、フライパンに流し込《こ》んで、さっと焼くんです。
11 息が詰《つ》まるような熱戦に、観衆は手に汗《あせ》を握《にぎ》って見ていた。
12 山路を登りながら、こう考えた。知に働けば角が立つ。情に棹《さお》をさせば流される。（『草《くさ》枕《まくら》』）

四 傍線部《ぼうせんぶ》の複合動詞を、元の形に還元《かんげん》しなさい

1 去年会社を定年退職してからは、父は庭で畑仕事に精出している。
2 神社のいちょうがだいぶ色付いて来ましたね。
3 彼《かれ》はこのごろ沈《しず》んでいるね、どう？ 皆で元気付けてやらないか？
4 台風の影響《えいきょう》で、湖が波立っていますね。これで船は出るのかしら。
5 これはちゃんと部長に手渡《てわた》してくれよ。大事な書類なんだからね。
6 ふと擦《す》れ違《ちが》った老紳士《ろうしんし》になんとなく心引かれて、僕《ぼく》は振《ふ》り向《む》いた。
7 今年も、将来の船長を夢見《ゆめみ》て、多くの若者達が商船大学を巣立《すだ》って行った。
8 他人を傷付けるような事を言うから嫌《きら》われるんですよ、あの人は。

9 ちょっと用足しに行ったにしては、ずいぶん手間取っていますね。
10 あのワンマン会長に楯突《たてつ》くなんて勇気があるね、見上げたものだ。
11 あんまり欲張って食べるから、おなかが痛くなるんですよ。
12 せっかく骨折って作ったのに、うっかり落として壊《こわ》してしまった。

## 〔二〕［副詞・擬《ぎ》態《たい》語《ご》＋動詞］

### A ［副詞＋動詞］

［NP＋*v*〔ad＋v〕］ この形は、［形容詞語根＋動詞］の形をとるのが最も普通《ふつう》である。動詞が他動詞であれば、目的語をとることが出来る。しかし、この複合動詞の数は多くない。

悪友 を 遠く さける ↓ 悪友 を ［遠ざける］
胸 が 高く 鳴る ↓ 胸 が ［高鳴る］
水辺 に 近く 寄る ↓ 水辺 に ［近寄る］

近づく (to approach)　荒《あら》立てる (to aggravate)
近づける (to put sth. near)　長引く (to be prolonged)
遠ざかる (to go far off)　強《こわ》張《ば》る (to get stiff)
遠のく (to become far off)　若返る (to get younger)

### B ［擬《ぎ》態《たい》語《ご》＋動詞］

擬態語を構成要素とする複合動詞の形は、［二音節＋動詞］の形をとる。そのほとんどは「定着する」、「おちつく」という意味を表す動詞「つく」と結びついて、「擬態語の表す状態になる／

おちつく」という意味の自動詞を形成するが、［擬態語＋する］の形との差異は少ない。

まごまごする＝まご＋つく、ぶらぶらする＝ぶら＋つく

べた(と)つく (to grow sticky)　ねばつく (to be sticky)
ぱらつく ([rain] to patter)　ちらつく (to flicker)
ぐずつく (to be tardy)　ぐらつく (to be shaky)
うろつく (to hang about)　だぶつく (to be overabundant)
ぱくつく (to munch (a cake))　ざわつく (to be astir)
むかつく (to get sickish)　いちゃつく (to flirt ; dally)
びくつく (to be in fear)　うわつく (to be flippant)
いらだつ (to be irritated)　かちあう (to conflict with)

(1) どうやら道を間違《まちが》えたらしい。近く見えた山が遠退《とおの》いて行く。
(2) 先生は、自分に近づこうとする人間に、近づくほどの価値のないものだから止せという警告を与《あた》えたのである。(『こころ』)
(3) 奥さんは、「どうぞ」と言いながら縫《ぬ》い物《もの》を片寄せた。
(4) 社長の交替劇《こうたいげき》があってね、うちの会社は今ごたついているんだ。

## 練習問題〔二〕のA・B

傍線部《ぼうせんぶ》を（　）内に与えられた後項《こうこう》動詞を加えた複合動詞で言い換《か》えなさい。

1 バザーの売上げが予想より上がったので皆《みな》大喜びだった。(回る)

2 今期の決算で見ると、その会社の業績が幾分上がりかけているのが分かる。（向く）
3 若いお嫁《よめ》さんを貰《もら》って、あの人、二つ三つ若くなったみたい。（返る）
4 海神丸《かいじんまる》との交信が、九時十七分を最後に途中《とちゅう》で断たれてしまった。（切れる）
5 信子は、次第に遠くなってゆく船にいつまでも手を振《ふ》っていた。（さかる）
6 今度の出張は、二、三日で済むと思うけれど、長くなるようなら電話で知らせるから。（ひく）
7 旅行の計画を立ててみたのだが、まず先に問題になるものと言ったら、やはり金だ。（たつ）
8 B国の調停が効を奏し、両軍衝突《しょうとつ》の危険は一応遠くなったと見られる。（のく）
9 「どうしました？」「何でもありません。急に立ち上がったので、ちょっとふらっとしただけです」（つく）
10 彼女《かのじょ》の姿が目の前にちらちらして、仕事が手に付かなかった。（つく）
11 今日は不快指数70で、皆《みな》気持ちがいらいらしている。（たつ）
12 どう？　ちょっとその辺をぶらぶらしてこないか？（つく）

# 見出し語索引

# 用語索引

## 著者紹介


新美和昭（にいみ・かずあき）

1955年上智大学文学部英米文学科卒業。現在，上智大学比較文化学部 Japanese Language Institute 講師。著書に，*Japanese Lauguage Patterns*（共著，上智大学），*Japanese A Basic Course*（共著，上智大学），*Japanese Writings An Approach through Word Families*（共著，上智大学）他がある。

山浦洋一（やまうら・よういち）

1955年中央大学法学部政治科卒業。現在，上智大学比較文化学部 Japanese Language Institute 講師。著書に，*Japanese Language Patterns*（共著，上智大学），*Japanese Writings An Approach through Word Families*（共著，上智大学），'A Gateway to the Japanese Written World'（共著）がある。

宇津野登久子（うつの・とくこ）

1963年上智大学法学部卒業。現在，上智大学比較文化学部 Japanese Language Institute 講師。著書に，*A Complete Course on 'How to Speak Japanese' Grammar. Vocabulary, Translation*（在フィリッピン日本大使館），『日本語のはなし方』（国際学友会），*Pattern Practice Book*（在フィリッピン日本大使館）がある。



外国人のための日本語例文・問題シリーズ4

**複合動詞**

昭和六十二年十月二十日　印刷
昭和六十二年十一月一日　初版

著者　新美和昭　山浦洋一　宇津野登久子
発行者　荒竹勉
印刷／製本　中央精版印刷
発行所　荒竹出版株式会社
東京都千代田区神田神保町二―四〇
郵便番号一〇一
電話　〇三―二六二―〇二〇二
振替（東京）二―一六七一八七
（乱丁・落丁本はお取替えいたします）
ISBN4-87043-204-8　C3081





定価1,800円

外国人のための日本語
例文・問題シリーズ4
# 『複合動詞』練習問題解答

## 第二章　〔動詞テ型＋動詞〕

〔一〕のA　1 いっ　2 いこう　3 き　4 き、いきます　5 き　6 き　7 こ(ない)　8 き(た)　9 き(ます)　10 き

〔一〕のBのa・b　1 かけてきた　2 送ってきて　3 投げてきた　4 知らせてきた　5 書いてきた　6 こだましてきた　7 吹《ふ》きつけてくる　8 してきた　9 響いていく　10 伝わっていく

〔一〕のBのc　1 暮らしてきました　2 戻ってきた　3 やっていける　4 暮らしていける　5 付き合ってきた　6 使ってきた　7 かわいがられてきた　8 進んでゆく　9 なっていく　10 暮らしてきた、起こってくる

〔一〕のBのd・e　1 晴れてきた　2 出てきた　3 紅葉《こうよう》してきている　4 差してくる、明るくなってきた　5 消えていく　6 ふるえてくる　7 なってきました　8 効いてきた　9 浮《う》かんでこなくて　10 死んでいく、生まれてくる　11 なっていく　12 慣れてきた、明るくなってきた

〔一〕のA・B　1・1のa　2・2のe　3・1のa　4・2のb　5・2のe　6・1のb　7・2のa　8・2のd e　9・2のc　10・2のd　11・2のb

〔二〕の(1)　一　1 降って(い)る、降って(い)る！　2 していて　3 見てい　4 待っていましょう　5 揺れてい　6 続いている　7 流れている、泳ぎまわってい　8 飲んでいる　9 いじっている　10 眠《ねむ》っている、言っている　11 考えている、している　12 出ている、言っている、流している　二　1 歌っている、聞いている　2 観察している、見入っていた　3 けんかしていました　4 飲んでいます　5 やっている　6 笑わせている　7 揺《ゆ》れていた　8 そっている　9 食べている　10 している　11 暮らしていた　12 話している、対話している　三　1 のぼってい　2 変わっている　3 止まってしまっている　4 到着しており　5 とまってい　6 出てい　7 酔《よ》っぱらってい　8 ふさがっておりまして　9 無くなっている　10 下りてい　四　1 異《こと》なっている　2 のんびりしている　3 違《ちが》っていました　4 大人びた顔をしている

5 と重なっていた 6 並んでいた 7 含まれていい 8 ついていた 9 優れている 10 離《はな》れてい、に属しているん 11 に富んでいる 12 になっていた、立っていた、そびえていた 五 1 A-b 2 B-b 3 B-a 4 A-b 5 B-a 6 B-a 7 A-a 8 A-b 9 A-a 10 B-b 六 1 今日《きょう》の午後歯医者に行くつもりです。 2 太一は、このごろよく幸子に会っている。 3 おや、まあ、もう少しでかさを忘れるところだった。 4 君は僕のあらばかり探しているね。 5 彼《かれ》がロンドンにたってから、ぜんぜん消息《しょうそく》を聞いていない。 6 美也は、この二週間学校にきていない。(=学校を休んでいる) 7 その森林は、数百マイルにわたって広がっている。(…広さがある) 8 僕《ぼく》達が結婚《けっこん》しようって初めて話をしたあの晩のことを覚えているだろう。 9 「おのれのごとく、なんじの隣人を愛すべし」とキリストは聖書の中で言っています。 10 家の前をあまりたくさんの車が走るので落ち着いて勉強していられません。 11 パソコンを買う前は、しょっちゅう喫茶店に行っていました。 12 今朝《けさ》のNHKの天気予報で、今晩は雪が降《ふ》ると言っていた。 13 この酒には多量のアルコールが含まれている。 14 ここ四週間ずっと雨が降っていない。 15 その日は午後映画に行くんだと彼女《かのじょ》は言っていました。

〔二〕の(2) 一 1 張り付けてあります 2 塗《ぬ》り替《か》えてあります 3 出してあります 4 知らせてあります 5 用意してありますよ 6 仕切ってあって 7 書いてあります 8 飲んである 9 取ってあります 10 挟《はさ》んである 二 1 ベランダにふとんが干してありました 2 株券は銀行に預けてあります 3 ジュースはここに冷やしてあります 4 材木がたくさんほうり出してあります 5 二階の部屋に運んであります 6 車が止めてあるね 7 プレゼントはもう買ってあります 8 野菜が豊富に並べてあります 9 松の枝が生《い》けてあります 10 四キロと書いてあるよ 三 1 かけてありますね 2 付けてありますから 3 並べてあった 4 垂らしてある 5 決めてありません 6 残し

てあるから　7 出してあった　8 寝《ね》かしてあります　9 入れてあって　10 片付けてあるね　11 結んであった　12 仕切ってありました

四　1 いる　2 あり　3 ある　4 いる　5 いる　6 あり　7 あり　8 い　9 ある　10 ある(あります)

〔三〕

一　1 出しておきましょう　2 並べておけば　3 乗せておけば　4 入れておいた　5 止めておけば　6 買っておいたら　7 仕舞《しま》っておきましょう　8 預けておいた　9 いただいておきなさい　10 置いておけば　11 掛けておく　12 つるしておくと

二　1 列車に乗り遅《おく》れないように　2 すぐにまた出かけるから　3 後で調べられるように　4 船酔《ふなよ》いをしないように　5 よく働けるように　6 昨日は遅くまで起きていたから　7 将来役にたつから　8 おなかの調子がわるいから　9 満員で泊《と》まれないと困るから　10 また後で聞くように　11 みんなが見えるように　12 夏に間に合うように

三　1 勉強しておきます。　2 時間と場所を知らせておきます。　3 パンくずでもまいておきましょう。　4 取り寄せてくれるよう頼《たの》んでおきます。　5 鍵《かぎ》を掛《か》けておきましょう。　6 名前を書いておいたほうがいいです。　7 早く切符を買っておきます。　8 部屋を暖かくしておきましょう。　9 家の裏につないでおきましょう。　10 趣味を広くしておきます。　11 電話を掛けておきます。　12 準備運動をしておきます。

四　1・b　2・a　3・a　4・a　5・a　6・b　7・b　8・a　9・b　10・b　11・a　12・b

〔四〕

一　1 出してみて　2 返してみたら　3 あけてみると　4 通り抜けてみると　5 戻ってみたら　6 のぞいてみた　7 振《ふ》り返《かえ》ってみた　8 はいてみたら　9 持ってみて　10 触《さわ》ってみて　11 発音してみます　12 飲んでみて

二　1 住んでみると　2 見てみた　3 登ってみた　4 なってみて　5 着てみたら　6 出てきてみると　7 会ってみよう　8 出席してみた　9 聞いてみた　10 話し合ってみても　11 働いてみると　12 数えてみると

三　1 書いてみせたa　2 出してみせたb　3 吸ってみせた

b 4 捜《さが》し出してみせますb 5 笑ってみせたa 6 釣《つ》ってみせるぞb 7 発音してみせたa 8 解いてみせるよb 9 折ってみせてa 10 着てみせてa 11 指さしてみせたa 12 まくってみせたb 四 1 やってみましょう。 2 やってみて下さい。 3 彼女《かのじょ》はいつも昼前に家事をすまそうとしてみる。 4 この一輪車にのってみてください。 5 とにかく行ってみてごらんなさい。 6 起きてみたら、外は雪で真っ白だった。 7 宿題を期限までにやるようにしなさい。 8 時間を下さったら、事情を説明してみます。

〔五〕 一 1 作ってしまいました 2 読んじゃった 3 掘ってしまいました 4 売れてしまいました 5 返してしまいました 6 食べてしまいましたよ 7 洗ってしまったから 8 燃えてしまったんです 9 覚えてしまいました 10 書いてしまいます 二 1 食べてしまい 2 済ませてしまい 3 してしまって 4 読んでしまえ 5 やってしまわ 6 済んでしまい 7 塗《ぬ》ってしまったら 8 かわいてしまい 9 進んでしまい 10 たってしまい 11 寝《ね》てしまい 12 治ってしまい 三 1 割ってしまい 2 売れてしまい、(売り切れてしまい) 3 帰ってしまった 4 離婚してしまっ 5 治ってしまい 6 してしまい(やってしまい) 7 目を覚ましてしまい 8 解雇《かいこ》されてしまい (首になってしまい) 9 買ってしまい 10 寝てしまい 11 止まってしまい 12 笑ってしまい(吹き出してしまい) 13 濡《ぬ》れてしまい 14 出てしまい 15 病気になってしまい 四 1・B 2・B 3・A 4・B 5・A 6・B 7・A 8・B 9・B 10・A

〔六〕の(1) 1 やってくれる 2 覚えていてください 3 会ってくれ 4 捜《さが》してくださった 5 来てくれ 6 さえぎってくれる 7 良くなってくれ 8 教えてくれ 9 待ってください 10 降ってくれ 11 勉強してくれる 12 用意をしてくれる

〔六〕の(2) 1 来てあげ 2 むいてあげ 3 送ってあげる 4 遊んであげよう 5 連れて行ってやり 6 理解してあげ 7 書いてあげ 8 行

ってやって　9　飼《か》ってやったら　10　いてあげる　11　買って上げよう　12　掃除《そうじ》してやって

〔六〕の(3)　一　1　いつもお兄さんに英語を教えてもらいます。　2　友達にいい家を捜《さが》してもらいました。　3　となりの奥《おく》さんに時々子供を預かってもらいます。　4　彼《かれ》は、奥さんに編んでもらった…　5　うるさいセールスマンにやっと帰ってもらいました。　6　店の人にいつも注文した品物を届けてもらいます。　7　有名な先生に私の書いた小説を見ていただきました。　8　お客さまにちょっと待っていただく訳には…　9　友達に私がかかえている問題を聞いてもらいました。　10　…お客さまに来ていただかなくては…　11　…主人に食事の用意をしてもらうんです。　12　…お客さまにどれだけ満足していただけるかです。　二　1　いいえ、友達に捜《さが》してもらったのです。　2　ええ、友達に捜してもらったのです。　3　いいえ、大家《おおや》さんに写真のアルバムを見せていただいたのです。　4　ええ、太田先生に推薦状《すいせんじょう》を書いていただきました。　5　いいえ、日本人の友達に勉強を手伝ってもらっているんです。　6　いいえ、子供にパソコンのやり方を教えてもらったんです。　7　いいえ、家内に送って行ってもらうんです。　8　ええ、山本先生に診《み》ていただくのなら心配ないです。　9　ええ、航空会社で用意してもらうんです。　10　いいえ、犬に散歩させてもらっているんです。　三　1　くれる　2　あげ　3　もらっ　4　やら　5　あげる　6　くれる　7　くださっ　8　もらい　9　いただき　10　くれ　四　1　私達に　2　僕《ぼく》は　3　僕は　4　僕が君と　5　あなたは　6　あなたの、あなたの　7　(二番目の)兄が　8　お前を　9　彼《かれ》と　10　君は　五　1　そのまま　2　盗難車《とうなんしゃ》を捜《さが》しました　3　窓を開《あ》けましょう　4　演奏し　5　ほえます　6　見て回ります　7　持ちましょう　8　そのまま　9　通訳しました　10　そのまま　六　1　彼女《かのじょ》は、皆《みな》にコーヒーを入れてくれました。　2　この事は誰にも知ってもらいたくないんです。　3　髪を切ってもらわなければなりません。　4　名刺をどこで印刷してもらったのですか。　5　どこに置けばいいかあの子に教えてやってください。

6 その箱を二階へ運ぶのを手伝いましょうか。 7 この本を弟さんに持って行ってあげて下さい。 8 コーヒーを入れましょうか。 9 (彼《かれ》らは)そのお金を払ってくれましたか。 10 メアリーの誕生日《たんじょうび》のために何かプレゼントを選んであげなければならない。 11 (1)彼の両親は、賢いけれど器量《きりょう》はあまりよくない娘を彼の嫁さんに選んでくれた。(彼の側からの見方) (2)…選んでやった。(両親の側からの見方) 12 尾形《おがた》さんの奥さんが写真帳《しゃしんちょう》を見せて下さった。 13 奥さんがそれを教えて下さいました。 14 目医者の所で目をみてもらって来ました。 15 (1)ジョンが妹のメアリーにその本をあげた。(ジョンの側からの見方) (2)兄のジョンがメアリーにその本をくれた。(メアリーの側からの見方) 16 メアリーは兄のジョンにその本をもらった。 17 彼女は、主人のためにソーセージを焼いて上げた。 18 隣にいた男の人が略図をかいてくれました。 19 黒田教授が私のために事務所に電話して下さった。 20 弟は入院中時々その看護婦さんに本を読んでもらったということです。

## 第三章 〔動詞原型＋動詞〕

### 一 時間相を中心に

〔一〕 一 1 遊びはじめ 2 数えはじめ 3 食べはじめ 4 渡りはじめ 5 かきはじめ 6 働きはじめ 7 書きはじめ 8 読みはじめる 9 生えはじめ 10 鳴きはじめる 二 1 飲みだし 2 歩きだし 3 言いだす 4 つきだし 5 笑いだし 6 疑いだし 7 流行《はや》りだし 8 降《ふ》りだし 9 心配しだし 10 働きだし 11 思いだし 12 はしゃぎだし 三 1 はじめ 2 太りだし 3 書きはじめ 4 習いはじめ／だし 5 泣きだし 6 教えはじめ 7 あばれだし 8 あわてだし 9 食べはじめ 10 降《ふ》りはじめ／だし 11 揺れはじめ 12 踊《おど》りだし

〔二〕のA 一 1 沈みかけて 2 消えかけて 3 帰りかける 4 なくなりかけています 5 忘れかけていた 6 つぶれかけている 7 咲《さ》きかけて 8 座りかけた 9 覚めかけた 10 治りかかった 11 切れかかっている 12 壊《こわ》れかかっています 二 1 鳴りかけ 2 読みか

ける　3　言いかけ　4　食べかけ　5　やりかけ　6　作りかけ　7　書きかけ　8　走りかけ　9　上がりかけ　10　立ちかけ

〔二〕のB　1　もたれかかる　2　笑いかけ　3　投げかけ　4　寄りかかっ　5　攻《せ》めかかっ　6　呼びかけ　7　通りかかっ　8　働きかけ　9　誘《さそ》いかける　10　飛びかか　11　襲いかかっ　12　散りかかる

〔三〕一　1　呼びつづけ　2　掘《ほ》りつづけ　3　払いつづけ　4　飛びつづけ　5　考えつづけ　6　座りつづけ　7　使いつづけ　8　見つづけ　9　住みつづけ　10　歌いつづけ　二　1　照らしつづけて　2　増えつづければ　3　咲《さ》きつづけ　4　燃えつづけて　5　打ちつづける　6　生きつづけ　7　降《ふ》りつづける　8　立ちつづけて　9　眠《ねむ》りつづけた　10　増加しつづけたら

〔四〕一　1　洗濯物《せんたくもの》を干しおわった　2　宿題をやりおえたら　3　ローンを払いおわる　4　その本を読みおえたら　5　月賦を払いおわった　6　そこのペンキを塗《ぬ》りおえたら　7　セーターを編みおえた　8　大河ドラマを作りおえて　9　帳簿を見おえた　10　飲みおわる　11　やりおえた　12　映画を見おわって　二　1　なってしまい　2　治ってしまい　3　聞きおわら　4　びっくりしてしまい　5　話しおわる　6　逃してしまい　7　冷《さ》めてしまい　8　掘《ほ》りおえ　9　曇《くも》ってしまい　10　なくなってしまっ　11　歌いおわる　12　食べおわっ

## 二　空間相を中心に

〔一〕一　1　持ちだした　2　踏みだして　3　突きだして　4　持ちだせる　5　投げだして　6　乗りだして　7　持ちだして　8　取りだした　9　引きだした　10　助けだして　11　持ちださなかった　12　取りだして　13　運びだして

二　1　抜《ぬ》けだして　2　突《つ》きだして　3　流れでて　4　抜けだして　5　走りでた　6　萌《も》えでて　7　転がりでた　8　あふれでた　三　1　見つけだした　2　作りだして　3　生みだす　4　探しだして　5　言いだす　6　織《お》りだされた　7　わきでて　8　生みだした　9　考えだした　10　持ちだして　四　1　(2-a)　2　(2-a)　3　(2-c)　4　(1)　5　(1)　6　(2-a)

7（2－c） 8（2－c） 9（2－a） 10（1） 11（2－a） 12（2－a）

〔二〕のA 一 1 移しいれてくれない 2 納屋《なや》に刈《か》りいれておく 3 生徒を自分達のチームに誘いいれようと 4 会社に雇《やと》いいれることは 5 小屋の中に押しいれて 6 注ぎいれた 7 学者をスタッフとして招きいれた 8 …ところは自分の文化に取りいれたら 9 物を家の中に取りいれて 10 バスタブに抱きいれて 二 1 書きいれて 2 借りいれて 3 聞きいれて 4 買いいれる 5 迎《むか》えいれた 6 おとしいれる 7 踏みいれる 8 さしいれて 9 受けいれる 10 乗りいれる

〔二〕のB 1 つけいる 2 こみいっていて 3 寝《ね》いって 4 立ちいった 5 食いいった 6 聞きいって 7 とりいって 8 おちいり 9 食いいろう 10 いり組んだ

〔三〕 一 1 打ちこんだ 2 はめこんで 3 送りこんだ 4 担《かつ》ぎこんだ 5 吹《ふ》きこんで 6 追いこんで 7 かかえこむ 8 差しこんで 9 詰めこんだ 10 のぞきこんで 二 1 泊《と》まりこん 2 駆《か》けこん 3 忍《しの》びこん 4 上がりこん 5 連れこん 6 繰《く》りこん 7 座りこん 8 飛びこん 9 住みこむ 10 踏《ふ》みこん 三 1 吸《す》いこむ 2 頼《たの》みこん 3 買いこんで 4 冷えこんで 5 思いこんだ 6 染《し》みこむ 7 沈《しず》みこんで 8 寝《ね》こんで 9 決めこんで 10 使いこんだ 四 1 のみこん 2 見こん 3 気負《きお》いこん 4 のみこむ 5 のぞきこ 6 落ちこん 五 1 持ちこんで 2 走りこんで 3 見いっ 4 見こんだ 5 聞きいっ 6 聞きこんで 7 聞きいれ 8 引きこんで 9 覚えこんだ 10 しこみ

〔四〕 1 わきあがった 2 運びあげる 3 放りあげて 4 浮《う》きあがって 5 はねあがった 6 つまみあげた 7 抱《だ》きあげた 8 追いあげて 9 晴れあがって 10 見おろす 11 吹《ふ》きおろしてくる 12 滑《すべ》りおりる

〔五〕 一 1 たちあがっ 2 たち並んで 3 たちのぼっ 4 たち寄っ 5 たち入り、たち入る 6 たち戻《もど》り 7 たち後《おく》れ 8 たち退《の》い 9 たち去っ 10 たち止まる 11 たち直っ 12 た

ち向かっ　二　1 組みたてる　2 埋《う》めたてて　3 泣きたてた　4 磨《みが》きたてて　5 積みたてて　6 書きたてて　7 攻《せ》めたてられたら　8 ほえたてる　9 叫《さけ》びたてた　10 しゃべりたてた

〔六〕 一　1 塗《ぬ》りつけて　2 踏みつけた　3 聞きつけて　4 にらみつけて　5 締めつけて　6 叱りつけられて　7 貸しつけて　8 考えついた　9 たきつけて　10 売りつける　11 にらみつけられて　12 寝《ね》かしつけて　二　1 行きつく　2 凍《こお》りついて　3 考えついた　4 泳ぎつく　5 すがりついて　6 凍りついて　7 焦《こ》げついて　8 巻きついて　三　1 落ちついた　2 落ちついて　3 落ちついて　4 落ちつく　5 落ちつき

〔七〕 1 おし揚《あ》げて　2 おし戻《もど》されて　3 おし揚げられて　4 おし流されない　5 おし戻した　6 おしあてて　7 おし当てて　8 おし分けて　9 おし寄せて　10 ひき受けて　11 ひき止め　12 ひき離《はな》されて　13 ひき合わせて　14 ひき裂《さ》いて　15 ひき取って

〔八〕の(1)　1 振《ふ》りかえっ　2 聞きかえし　3 打ちかえせる　4 はねかえっ　5 打ちかえし　6 追いかえし　7 取りかえす、取りもどす　8 呼びもどされ　9 送りかえし　10 引きかえし　11 振《ふ》りかえっ　12 言いかえす

〔八〕の(2)(3)(4)　1 見回し　2 追い回し　3 騒《さわ》ぎ回っ　4 通り過ぎ　5 跳《と》び越《こ》え／越し　6 通り越す　7 見通す　8 透《す》き通る　9 通り抜《ぬ》け　10 駆《か》け寄っ　11 鳴り渡っ　12 飛び去っ　13 書きとめ　14 つなぎとめ　15 通りぬけられ

## 三　様相、程度を表すものを中心に

〔一〕のA・B　一　1 詰めあわせて　2 つなぎあわせたら　3 貼《は》りあわせて　4 照らしあわせて　5 つなぎあわせて　6 盛《も》りあわせて　7 待ちあわせる　8 打ちあわせて　9 はぎあわせる　10 乗りあわせて　二　1 向いあって　2 競《きそ》いあって　3 引かれあって　4 抱《だ》きあって　5 もつれあい　6 持ちあわせて　7 かけあい、向けあい、助けあわ　8 通いあう　9 語りあい　10 競いあう　三　1 取りあっ　2 探りあっ　3 触《ふ》りあう　4 引きあわせ　5 行きあ

っ 6 取りあわせ 7 繰《く》りあわせ 8 誘《さそ》いあわせ 9 釣《つ》りあっ 10 付きあっ

〔二〕 1 見通して 2 見送って 3 見舞《ま》って 4 見抜《ぬ》いて 5 見きわめたい 6 見回して 7 見慣れない 8 見つめたら 9 見捨てる 10 見失って 11 見送る 12 見逃《のが》して

〔三〕の(1) 一 1 摘《つ》みとって 2 抜《ぬ》きとって 3 感じとって 4 書きとって 5 読みとら 6 うばいとった 7 刈りとる 8 吸いとって 9 拭《ふ》きとった 10 切りとって 二 1 とりかかった 2 とり行われた 3 とり計らって 4 とり散らかして 5 とりやめる 6 とり残され 7 とり押さえられて 8 とり分けて 9 とりはずして 10 とり繕《つくろ》う 三 1 切りとっ 2 書きとっ 3 買いとっ 4 盗《ぬす》みとっ 5 受けとっ 6 すくいとっ 7 聞きとれる 8 抜《ぬ》きとっ 9 読みとっ 10 切りとっ 四 1 とり出し 2 とり入れ 3 とりつけ 4 とり外《はず》し 5 とりかかり 6 とりそろえ 7 とりやめる 8 とり組んで 9 とり調べられ 10 とり扱《あつか》っ

〔三〕の(2) 1 うけ合い 2 うけ負っ 3 うけ付け 4 うけ取っ 5 うけ持っ 6 うけ付け 7 うけ入れる 8 うけ継《つ》い 9 引きうけた 10 引きうけ 11 譲《ゆず》りうけ 12 見うけ

〔四〕の(1) 1 うち揚《あ》げ 2 うち破って 3 うち切られて 4 うち続く 5 うち解けて 6 うち振《ふ》って 7 うち殺した 8 うち返せる 9 うち鳴らして 10 うち寄せる 11 うち付けたら 12 うち落とす

〔四〕の(2) 1 おしつけ 2 おし包ん 3 おし通し 4 おしこん 5 おし退《の》け 6 おしかけ 7 おしきる 8 おし寄せ 9 おし返され 10 おし入っ

〔四〕の(3) 1 さし昇《のぼ》っ 2 さしかかる 3 さし出さ 4 さし戻《もど》し 5 さし上げ 6 さし上げる 7 さし出し 8 さし引かれる 9 さし伸《の》ばし 10 さし控え

〔四〕の(4) 1 つき破っ 2 つき飛ばし 3 つき混《ま》ぜ 4 つき出し 5 つっかけ 6 つき合わせ 7 つき付け 8 つっ伏し 9 つき当たっ 10 つっ込ん

〔五〕の(1)　1 守りとおした　2 がんばりとおして　3 見とおす　4 走りとおした　5 かつぎとおした　6 降《ふ》りとおす　7 立ちとおしたって　8 想《おも》いとおして　9 やりとおす　10 泳《およ》ぎとおして

〔五〕の(2)　1 引きぬき　2 えらびぬかれ　3 くりぬき　4 撃《う》ちぬい　5 書きぬい　6 ひきぬける　7 勝ちぬい　8 追いぬい　9 やりぬく　10 知りぬい

〔五〕の(3)　一　1 織《お》りあげた　2 書きあげた　3 刷りあがった　4 染めあがった　5 築きあげた　6 かきあげて　7 しあがった　9 作りあげた　10 読みあげた　二　1・A　2・A　3・B　4・B　5・B、a　6・B、a　7・B　8・A　三　1 書きあげ　2 見おわっ　3 話しおえる　4 まとめあげ　5 焼きあがっ　6 売ってしまい　7 勝ちあがっ　8 払いおえる

〔五〕の(4)のA　一　1 泳ぎきる　2 読みきれる　3 食べきれ　4 覚えきれる　5 いつも干しきれない　6 力を発揮《はっき》しきる　7 一気に上《のぼ》りきる　8 持ちきれない　9 そんなに覚えきれない　10 渡りきらない　二　1 冷《ひ》えきって　2 頼《たよ》りきって　3 割りきれない　4 疲《つか》れきって　5 通いきれない　6 困りきって　7 冷えきった　8 止まりきらない　9 曲がりきれ　10 逃《に》げきれる　三　1 張りきっ　2 かかりきっ　3 振りきっ　4 打ちきられる　5 言いきり

〔五〕の(4)のB　1 きり出した　2 きり裂《さ》いて　3 きり取って　4 きり払い　5 きり揃《そろ》える　6 きり替《か》わった　7 きり詰めた　8 きり抜けて　9 きり開《ひら》いて　10 きり捨てて

〔五〕の(4)　1 溶《と》けきっ　2 考えぬいて　3 座りとおし　4 分かりきっ　5 枯《か》れきっ　6 枯れつくし　7 なりきっ　8 鳴きとおす　9 見ぬい　10 出しつくし／出しきっ

〔六〕の(1)　1 塗《ぬ》りなおした　2 計算しなおしても　3 掛《か》けなおして　4 飲みなおし　5 読みなおして　6 やりなおして　7 寝《ね》なおす　8 出なおして　9 建てなおす　10 引きなおした

〔六〕の(2)　1 履《は》きかえ　2 張りなおし　3 塗りか

え　4 考えなおし　5 沸《わ》きかえっ　6 やりなおす　7 乗りかえる　8 生えかわる　9 見なおし　10 生きかえっ　11 吹《ふ》きかえし　12 あきれかえっ

〔六〕の(3)　1 座りなれ　2 見なれ　3 履きつけ　4 見なれ　5 扱《あつか》いつけ　6 扱いなれ　7 入りつけ　8 書きつけ　9 住みなれ　10 着なれる　11 飲みなれる　12 やりつけ

〔七〕の(1)　1 かけ忘れて　2 数え忘れて　3 やり忘れて　4 閉め忘れた　5 そり忘れて　6 やり忘れて　7 書き忘れた、はり忘れる　8 入れ忘れて　9 消し忘れたら　10 置き忘れ

〔七〕の(2)　1 書きそこなっ　2 しそこなっ　3 打ちそこなっ　4 言いそこなっも　5 儲《もう》けそこなっ　6 見そこなっ　7 踏みそこなっ　8 曲がりそこなっ　9 買いそこなっ　10 降《お》りそこなっ　11 食べそこなっ　12 当りそこなっ

〔七〕の(3)　一　1 着すぎると(たくさん)　2 収めすぎた(多く)　3 考えすぎない(色々)　4 かかりすぎる(長く)　5 飲みすぎた(たくさん)　6 飲みすぎた(かなり)　7 飲みすぎると(あまり)　8 ありすぎます(たくさん)　9 心配しすぎると(あまり)　10 来すぎて(ちょっと)　二　1 食べすぎる　2 太りすぎる　3 行きすぎる　4 タバコを吸いすぎる　5 荷物を載《の》せすぎた　6 乗りすぎた　7 熱くなりすぎた　8 違《ちが》いすぎる　9 寝《ね》すぎた　10 スピードをだしすぎる　11 知らなさすぎる

〔七〕の(4)　1 なりうる　2 決行しえなかった　3 知りえない　4 ありえない　5 つながりうる　6 ありうる　7 存在しえない　8 愛しうる　9 つき合いかねる　10 取られかねない　11 扱《あつか》いかねて　12 消去されかねません　13 しかねません　14 しかねません　15 応じかねます

## 第四章　[名詞・副詞＋動詞]

〔一〕　一　1 調子がつく　2 息がつまる　3 先に立つ　4 楯《たて》をつく　5 並にはずれる　6 活気《かっき》がつく　7 口が走る　8 脈をうつ　9 欲をはる　10 片をつける　11 傷がつく　12 腹がたつ　13 役にたつ　14 目にたつ　15 年がよる　16 色があせる　17 威《い》をはる　18 旅にたつ　19 骨

をおる　20　手間をとる　21　景気がつく　22　型を／にとる　23　裏をかえす　24　手がなれる　25　手にわたす　26　相手にとる　27　冬に枯《か》れる　28　人里《ひとざと》をはなれる　29　気をつかう　30　元気をつける　二　1　シャツが色あせる　2　市場が活気づく　3　チームが調子づく　4　仕事が片づく　5　六時に目ざめた　6　何かに役だつ　7　会社を相手どる　8　ヨーロッパに旅だつ　9　千円値びく　10　人の心を傷つける　11　セーターを裏がえす　12　特定の人を名ざす　13　かえでが色づいた　14　息づまるような熱戦　15　家を手ばなす　16　負債《ふさい》を背おう　17　つばきが根づいた　18　連絡がとだえる　19　彼女の美しさが目だつ　20　カルデラ湖を形づくる　三　1　気づき　2　精だして　3　指おり　4　片づき　5　耳なれない　6　目だち　7　裏がえす　8　を首きる　9　をかたどって　10　泡だて　11　息づまる　12　棹《さお》させば　四　1　精を出して　2　色が付いて　3　元気を付けて　4　波が立って　5　の手に渡して　6　心が引かれて　7　(船長)になる夢を見て　8　(他人)に傷を付ける

9　手間を取って　10　に楯を突く　11　欲を張って　12　骨を折って

〔二〕　1　上回《うわまわ》った　2　上向《うわむ》いて　3　若返った　4　途切《とぎ》れて　5　遠ざかって　6　長びく　7　先だつ　8　遠のいた　9　ふらついた　10　ちらついて　11　いらだっている　12　ぶらついて

外国人のための日本語 例文・問題シリーズ４ 『複合動詞』練習問題解答
監修：名柄 迪　著者：新美和昭・山浦洋一・宇津野登久子
〒101 東京都千代田区神田神保町2-40 ☎03(262)0202 荒竹出版株式会社

# 複合動詞

定價：150元

中華民國七十七年十月初版一刷
中華民國八十九年四月初版三刷
本出版社經行政院新聞局核准登記
登記證字號：局版臺業字 1292 號

發　行　所：鴻儒堂出版社
發　行　人：黃成業
地　　　址：台北市中正區 100 開封街一段 19 號 2 樓
電　　　話：二三一一三八一〇・二三一一三八二三
電話傳真機：二三六一二三三四
郵 政 劃 撥：〇一五五三〇〇一
E － mail ： hjt903@ms25.hinet.net
印　刷　者：楨文彩色平版印刷公司